人在局外

赵　天宇 著

中国友谊出版公司

人在局外

————

有一天隐姓埋名，偷得清静

找一张长椅，一抹斜阳，一碗热汤

安安静静地坐下吃饱

再把那些动人的歌谣

只为爱的人唱

唱着唱着就一辈子了

这是我潇洒的梦

STEILER WEG 170 M
ZUM GIPFEL
AU SOMMET
KULM TO THE TOP

BEQUEMER WEG
ZUM GIPFEL 270 M
AU SOMMET
TO THE TOP KULM

CONTENTS · 目 录

OUT OF THE OFFICE

▲

△

CONTENTS · 目 录

人在局外

灯泡坏了

所以沐浴的时候

暗了下来

夏天还没过

所以红酒喝不完

放不过两天

还不是错过了时间

无非你懂我点起的香薰忘了熄

无非你懂我头重脚轻忘了眠

无非是万家灯火一丁点

怎也躲不过家长里短

柴米油盐

琴声响起，都会好起来的

　　故事或许要从我的母亲说起。每个人都有母亲，从她那里承袭血脉，承袭一些我们成长所需要的东西。

　　我很小的时候父母就离婚了，所以一直过着称得上是颠沛流离的生活，和父母的关系也一直保持着强烈的疏离感。但也许是独立的成长经历和生活的困苦，让我明白，在生活中摸爬滚打，到底有多不容易。

　　每个人都是如此，正如电影《奇迹男孩》所演的那样。

　　尽管和家人关系疏离，但仍然割舍不掉某些来自他们的潜移默化的影响。

　　母亲是个文艺女青年。独立又倔强，多才多艺，做过主持人，会唱歌跳舞，还会很多乐器。只是后来做了护士，她便放弃了自己热爱的文艺事业。做护士后不久，与我父亲结婚，生下了我。她的文艺，也只有在单位的年终晚会或者庆典之类的舞台上，才能得以体现，让她能够拥有片刻的光环。她主持、跳舞、表演，也许只有在这样的时刻，她才会觉得自己还像少女时一样，没有生活在焦灼中。

我人生中的第一把吉他，是我母亲二十岁时用过的，有些年头了，弦已断，木头也已经开裂，不过仍然可以从吉他共鸣箱里发出嘶哑的声音，那是我少年时听过的最美妙的声音。后来我买来新琴弦换上，吉他下端的弦桥也坏了，我拿螺丝刀强行把它拧在上面。

或许是从母亲那里遗传了音乐天赋吧，童年时，只要有琴声响起，就好像一切都会好起来。后来我看电影

《寻梦环游记》，当男孩得到一把好吉他，去寻找音乐，去寻找自己，去寻找归处时，我觉得他挺幸运的，那便是我童年所向往的生活。

两岁那年父母离异，没人管我。那时我还住在姥姥家，也得到了最初的音乐启蒙。

每次听到蒋大为老师唱的《西游记》主题曲《敢问路在何方》，我就会跟着唱。姥姥说："你小子唱得还不错，也不跑调。"印象中姥姥是合唱团的领唱，声音非常清澈好听。姥姥说："你的声音还挺好听，我教你唱歌吧。"

自那时起，姥姥开始教我唱歌，唱一些儿歌、军旅歌，姥姥把她合唱团的曲目全都教给了我。每次听到喜欢的歌，哼唱起来，就好像沉浸在了自己的世界里，那些大人的世界，那些争吵，那些烦恼，便和自己完全没了关系。

八岁那年，一个关于音乐的决定

记得少年时，似乎一直都是一个人，或者在爷爷奶奶家，或者在姥姥姥爷家，也不曾觉得孤单，也没觉得无家可归。好像一个人行走在大街小巷，周围的一切都和自己保持着距离，那种疏离感，让我好像突然就长大了。

大人们那么不可靠，我开始试着自己做决定。

当时上小学，没人管我，我想，既然对音乐感兴趣，那就学点什么吧。对于唱歌，我得益于那份"天赋"，或者说自负，心想张口就能唱，还有什么好学的？那学什么乐器呢？萨克斯太重，架子鼓又不方便携带，钢琴家里也没有，笛子又太温柔，索性就学个单簧管吧。

　　在没跟家里人说的情况下，我就自己去报名了。我知道如果先告诉他们，他们肯定会反对，因为学费太贵。不如先斩后奏。这一年我八岁，第一次做一个决定，第一次冒险花掉一大笔钱，报名一个特长班学习，来投资自己。

　　那时候，也不知道单簧管是什么，只是觉得"黑管"这个名字听起来很酷，什么都不懂就去学了。年纪小，没什么耐性，觉得自己学得还不错后，便不愿再去上课了，自己开始在家琢磨单簧管的演奏技巧。如此，拉拉杂杂地学，学了五六年。

　　相信很多老师在教大家基本功的时候，是能够起到很好的引导作用的，我之所以有时候不愿意去教室听老师讲课，是因为我发现，当掌握到一定程度时，通过自己琢磨而得到的成长的快乐，比在课堂上更多。甚至觉得自己琢磨得到的收获，比老师教的还多，尽管会走弯路，可每一步，都是自己一步一个脚印走出来的，相比一板一眼，固定的气息，规范的指法，一切都在老师的掌控下，不能自由发挥，我觉得自己的摸索，无数次碰壁，更能给自己带来丰富的经验。

　　这或许就是我的独立吧，磕磕绊绊，既然父母把我抛在这个社会里，那剩下的路，就都由我自己决定，我自己走。而且，我相信，我并不会走得比别人差。

前些时候，我又去买了一根单簧管，回家试了试，虽然手生，没有小学时那般熟练，但单簧管响起，看着谱子上的符号，又好像回到了那时候。每件事情，一旦和回忆扯上关系，就似乎会被美化，会让你觉得过去挺好，那些温暖自己的东西，都是自己做的选择，自己做的决定，继续向前，未来也会挺好吧。

吉他吉他，和朋友一起在喧嚣里歌唱

单簧管对年轻人来说，到底还是太古典，到了青少年时期，身边热爱音乐的人都在玩吉他，而单簧管也随着小学毕业停留在了那过去的时光里。

叛逆期的我，也不好好学习，但成绩并不差，在"火箭班"里处于中等偏下水平。没有太大的学习压力，那段没有人管的岁月中，我就变成了"疯长的野草"，像苍耳、蒲公英，以及被风带走的柳絮，到处跑，到处浪，认识了好多朋友，觉得挺神奇的，突然间就打开了另外一个世界的门。

那时候，好像身边突然就冒出了很多朋友。

普通班的学生，相比"火箭班"学习压力要小，他们很多人跟我关系都特别好。大概他们是觉得我这么能玩成绩还不错，挺厉害的吧。

因为喜欢唱歌，我就寻思着组个乐队吧。好像每个中学生，在这个阶段都幻想过有一支自己的乐队，或者作为乐队的一员，能站在舞台上去发光、发热。当时认识一些学长，他们不仅唱歌好听，还精通乐器，我就和他们组成了一支乐队，没事的时候，就邀请他们去我的出租屋，大家一起弹弹唱唱。

那是家里人给我租的一套小房子，没人管我，那里便成了我们乐队的根据地。我们一起吃泡面，吃速冻饺子，吃奶黄包，我也跟他们一起学吉他。我们一起弹后街男孩，一起唱Beyond。

那时我们给乐队起了名字，也练了好多经典曲目，却一直没有等到一个登台的机会。带着我学吉他的学长，后来去当了吉他老师，现在也许结婚了吧。当时打鼓的朋友，去年听说仍然在乐队打鼓。这么多年，不管是读书的还是不再上学的，每个人都在以自己的方式，坚持着这样一份热爱的初心。

我当时对架子鼓也很感兴趣，跟着乐队里的朋友也学过一阵架子鼓。回到家里没有鼓可以打，就把一些书垒起来，拿笔敲节奏，类似阿卡贝拉那种人声伴奏合唱团的节奏，然后自己跟着节奏唱歌，录下来，觉得也很有趣。但凡关于音乐的一切，总能让我产生兴趣，尤其和朋友在一起玩音乐时，那种快乐可能是过去二十多年，我最珍视的感受。

不断学习和接触新的人、事、物

才有希望做出更让自己满意的东西

我希望日后的每一句台词都掷地有声

每一个音符都余音绕梁

我所理解的成长

"如果说我看得比别人更远些，那是因为我站在巨人的肩膀上。"

牛顿这句话几乎所有人都知道。

如果万事万物都以结果为导向，他成为名垂青史的物理学家、数学家，我大抵是没有资格去反对他的观点的。

尽管如此，我还是想说几句。

从学单簧管开始，后来学吉他，乃至去韩国学习，参加选秀节目，甚至以后的以后，在任何场合，跟很多前辈、老师学习，我都带着虚心求教的心态。

但是，最重要的就是这个"但是"，我觉得我更愿意选择用自身的实践去感受成长。我从单簧管教室走出来的那一刻，我决定自己回家琢磨的那一刻，有很大的风险，我可能会懒惰、会贪玩，可懒惰和贪玩，也都是我学习过程中的一部分，它们是我走的弯路，可我仍然坚持了五年，这五年的坚持，才是我所认为的成长。

所有的学习，我认为都是"师父领进门，修行靠个人"。

每个人的修行，都属于自己。当你知道单簧管的演奏基本技巧和提高方向的时候，当你知道怎么唱歌、怎么发声的时候，当你知道怎么跳舞、怎么掌控肢体力度的时候，当你拿起吉他谱就能看懂、就能弹奏的时候，你最需要的已经不再是老师，最好的老师和最大的敌人都是自己。

我说的不需要老师，不是真的不需要，遇到问题，你必然需要去向师长们请教。可是，你所听到的，都是别人的经验。你是站在巨人的肩膀上看世界，可同时你也可以用自己的摸爬滚打，为自己铺垫坚实的台阶。哪怕走了弯路，哪怕走了错路，到头来，每一步，也都是你自己的经验。这样的经验是宝贵的。

或许我们一辈子都不能触及某些大师的境界，但也许我们了解，在脱离他们的体系之后，会成为比他们更优秀的人，开拓一片新的沃土。这些都是未知数，我们能长多高，能看到什么样的东西，一定和以往有所不同，不是吗？

我们都会遇到成长的困扰，我们都会需要有人指引方向，但我们从来都不需要永远躲在巨人的荫翳下"快乐成长"。

在乐队的那段时间，我很快乐，真的开心，我学会了吉他，学会了打鼓，我和教我乐器的学长们可能是真正有着无限热情的人。尽管后来我也看到某些朋友停滞不前，在他们能力范围内不愿意再去突破，但他们也过得很开心。我和教我吉他的学长一起去参加了很多比赛，去唱歌，去争取表演的机会。我们俩都想长成更高的巨人。我们去录自己的样本唱片，想做属于自己的音乐，想写歌，写很多人都喜欢听的歌。

音乐也是一种文学

似乎每个人在中学阶段，都有过明星梦。我有，不然也就没有组乐队这回事了。

谁不想站在舞台上闪闪发光呢?

谁又甘心组成乐队之后，永远只唱别人的歌呢?

于是，我们几个便开始尝试着自己写歌。

刚开始我试着写曲子，把作词的部分交给了朋友，可每次当我拿起琴试着把我的音符演奏出来时，总会发现缺少些灵气。一首歌应该像一条河，顺流而下，波浪起伏，也流畅灵动。小河就是小河，不会扶摇直上，也不会波涛汹涌。当时对作曲还不够了解的我，写出来的曲子，有时候就仿佛小河里突然生起一股海浪一样不协调。

几次尝试之后，我发现我还是对作曲不够了解，缺乏更深入的学习，就和乐队的朋友交换了工作。把作曲的任务交给了玩主音吉他的学长，这对他来说，会更适合一些。而对写词，我似乎也更有把握。

在组成乐队之前，我就有尝试去改自己喜欢的歌的歌词的习惯，去揣摩歌词的节奏、韵律，以及文学层面的意义表达。因为不喜欢上课，在教室里坐着总得做些什么，我的数学课、物理课、化学课，全都变成了"作文课"。在课上写文章、小说，画插画，写歌词。

阅读和写作，几乎是我除了音乐之外，那个阶段最重要的表达方式。那种表达更多的是一种内化的自我认知。尽管我也写文章，还去参加过某些比赛，甚至拿过奖，但写作对我来说像写日记，写自己的快乐，可能更多的是不快乐的感受。懵懂时总是爱伤春悲秋的，加上那段时间，我的生活，至少我的家庭生活，并没有给我带来太多幸福温馨的力量。

　　小时候我读《读者》《儿童文学》，后来读《福尔摩斯探案集》《复活》……再后来也读钱锺书的《围城》、莫言的《生死疲劳》……我很喜欢莫言的书，他书里的山东高密乡是一个传统的、乡土的，却又残酷的地方，这些东西和我的生长环境差别很大，好像是另外一个真实的、全新的世界。我很喜欢他文字里的残酷，我想，那些东西和我感受到的生活，有一些相似的地方吧。

　　所有这些阅读，哪怕是莫言描绘的那个生疏的世界，它都对我表达这个世界，或者说看待这个世界的方式有着深远的影响。

在乐队里写歌词，才让我觉得找准了定位。音乐本身就像是一种文学表达，不仅仅是歌词，朋友写下的那些旋律也一样，那种起伏的感觉，那些被演唱出来的故事，呐喊的情绪，全都是生活中最真实的东西。

我虽然读过不少文学类的东西，但并没有被引导到文学青年的路上去。我很少去写别人的故事，感觉不经过别人的允许，去称颂别人的幸运或者亵渎别人的不幸，似乎都缺少了一些对他人的尊重。没有人喜欢自己的生活被其他人剖析、展示，去表达给更多人看吧，何况每个人都不一样，我们也不能说自己就真的了解谁。

我写歌也是一样，它一定是表达着我个人的感受，我会通过自己的经历，自己的某个物件，甚至是我偶然看到的一片飘落的树叶，去表达一些情绪。我希望听到我的歌的人，恰好能和我在心灵上产生共鸣。我剖析的不是别人，是我自己。我也相信，剖析自己的真实情感时，一定会有共鸣者，会有人听到和自己频率相似的回音。同时，剖析自己也比剖析他人来得更容易。你对这个世界的喜怒哀乐，都是你亲身经历的，真实的。

记得之前参加《明日之子》时，节目组还问我要过我从前写的一些东西。他们希望展现出我文学的一面，不过很多东西都被我留在了老家，也像是留在了过去。长大了，我也不是很愿意去展示那个假装成熟的自己，但不可否认，那个自己也确实是真实的自己。

现在的我也是真实的属于当下的我。歌词、歌声，以及我的音乐，我手里的乐器，它们就是我的文学。

人生就是一场巧合，音乐也是

你信不信，人生就是一场巧合？

在我们来到这个世界之前，我们不能决定我们的出身，不知道我们会出现在哪里，我们也不能决定我们什么时候会死去……也许你会说，我们可以决定我们成为怎样的人，我想说，也不一定。就像一滴水，我们知道它肯定会往低处流，但是流出什么样的轨迹，却是不确定的。我们只能在一定程度上去影响我们人生的一个大方向，其他所有的变量，一本书、一次考试、一阵风、一部电影……都可能引导我们去做另外的事，在人生中多出一些不一样的体验。

就好比我会走上艺人这条路。我觉得它也是一次偶然，是巧合。

我知道有很多人会说，我多么多么热爱艺术，我能走到今天，都是小时候多么多么努力的结果。我觉得那些不过是为了给爱听的人说的一些他们想听的话，生活是存在不确定性的。

我热爱音乐，却从来没有真正规划过自己的人生，从来不觉得一定要做这样的选择，要走这样的路。

我觉得生活就是一场游戏。就像《毛诗序》里写的："诗者，志之所之也，在心为志，发言为诗。情动于中而形于言，言之不足，故嗟叹之，嗟叹之不足，故咏歌之，咏歌之不足，不知手之舞之足之蹈之也。"心里面有什么想法，就去说，去感叹，去唱歌，去手舞足蹈。

我唱歌，也是因为音乐好玩。人生下来，不就是为了"快乐"吗？

有的人的快乐是房子，有的人的快乐是金钱，我的快乐，就是一切好玩的事，比如唱歌，比如喝酒，比如无聊时拨弄乐器。

一切让我觉得有趣的事情，我都愿意去尝试。现在做事，会顾及得比较多。有的工作，如果我不喜欢，可能我也会缺乏强烈的参与感，但是我知道，我得努力去把它做好，这是最基本的责任感。尽管它可能没那么好玩。

我不会研究科学，不会研究天文，体育也不是我的长项，但我生了一颗爱音乐的心，那也许就会在这个方向走下去吧。

所以，我会在上小学时自作主张，决定去学单簧管，去学架子鼓，碰巧我妈妈和我姥姥曾经都是文艺青年，都喜欢音乐，她们给我的熏陶，都是人生这场偶然里的积极变量，把我向这条路上推。

是的，一切都是那么偶然。

我不想说那么消极的话，既然一切都是偶然，那我们是不是对自己的人生都无法掌控了呢？也不尽然，我们不能保证一定会做到怎样怎样，但是可以最大限度地在能力范围内，变成更好的自己。这就是所谓偶然中的必然吧。我不能在这里口出狂言，说自己会成为一个牛×的音乐家，但是我热爱音乐，我可以在这条路上继续走下去，尽最大努力去做好，我能去决定这样一部分，就已经足够。

生活从来没有偏袒过谁

这个世界上的人，太爱从结果去推导根源，找寻成功的蛛丝马迹。

成功的人，固然有很多理由去找到他走到今天的原因，他努力，他时刻准备着，所以，他成了得到机会的有准备的人。

可是还有很多人同样努力，同样时刻准备着，而他们就是没有得到想要的结果。

我不想否定努力这件事本身，努力当然是我们有效地取得成功的方式。

只是我并不想说，自己比其他人优秀多少，我甚至并不相信天选的命运。我更愿意把它归结为一种努力之后的"巧合"。

是的,我能走到今天,能做艺人,能光鲜地歌唱、演绎,我觉得它其实是一种基于一定量的努力上的巧合。

执念的巧合。

我能生在那样的家庭里,妈妈、姥姥恰好都喜欢音乐,是巧合。

我恰好又接受了妈妈、姥姥的艺术熏陶,并喜欢上了音乐,也是巧合。

包括我先斩后奏偷学单簧管,学吉他,学表演专业,都是巧合。

所有一切就是那样发生了。

就像那么巧合地,我生在并不算幸福的家庭里,初中时就必须去打工养活自己。因为年纪太小,很多地方

这一生还有很多我们跨不过去的时刻

没有勇气去面对的时刻

希望你我能想到那些闪闪发光的日子

一直充满希望去面对

不害怕 不畏惧

都不能要我，我只能去做零工，去做暑期兼职，去发传单。

发传单的那段日子，特别辛苦，但也挺有趣。或许因为我的形象还过得去，在街上发传单会有很多人善意地和我聊天，也有一些小姑娘会和我搭讪，这也算是一种观察人的途径吧。你能通过这样的方式去和很多人接触，知道他们在想什么，偷偷地看一眼他们眼里的世界。

但因为辛苦，收入也特别低，我便辗转去了餐厅做后厨，洗碗刷盘子，也在超市清点过仓库，虽然枯燥，却比发传单收入高了许多，也稳定了些。

现在想想，可能让一个十四五岁的男孩去承担那么繁重的养活自己的重任，对很多现代的家庭来说，是罕见的事。有的人或许正在父母的照顾下快乐成长，或者忙着叛逆和父母吵架。有的人却必须去挣钱谋生。

也正是那段时间，有个好朋友带着我去做群演。她觉得我挺适合做这个的。而我自己也觉得演戏好像很有趣，就答应去试试，那是我第一次不那么正式地接触演艺事业，虽然没有接受过专业的学习，可就是那样去了。

这也是巧合。

尽管当时我看到的只是收入，五十元一天，八十元一天，一百元一天，一百二十元一天，一百八十元一天。随着收入的增加，我自己都没注意到的是，我对表演的理解都在实践当中缓慢地提高，得到那么一小群人的认可。

开始只是觉得好玩，但那种好玩里也许正是蕴含着我对这份工作的喜欢吧。

从打工谋生开始，就这样莽撞地"登场"了。

虽然很多事情的发生是巧合，可是，当你没有准备的情况下突然就那么发生了，你也未必能抓住。巧合不是天命，努力去改变，努力去争取，去抗争，那不就是我们追求的存在吗？

　　跳出那个阶段来看，一个十四五岁的少年去担负生活，是否有些残酷，可是生活就是如此，从来没有偏袒过谁。当你遇见热爱的事，去做，或许那里面就蕴藏着你人生的可能性。

我所理解的生活

What is life?It is hard to say!

我们每个人都在穷极一生为"生活"这个词做标注。

我很不喜欢现在的一股潮流，但凡一个人有名了，就好为人师，好像自己就参悟透彻了，可以去做别人的人生导师。我不能做别人的人生导师。我能说的，也只是自己在短暂的二十多年生活中，经历的那些，感受的那些，对想知道的人做分享。

你说，一个男孩十四五岁就要担负起养活自己的重任，他比别人更懂生活吗？我觉得不，但大概我更懂得如何好好地生存。

可以说，我当时完全放下自己的面子，在极度饥饿的时候，去超市拿他们试吃盘里的食物，每个展架上的试吃装吃下来，没吃饱再轮一圈。那样的生活，大抵是不算生活的，我必须想办法养活自己。没钱，我也不能忍受永无止境的一天三餐泡面，我只得去打工。哪怕别人看我年纪太小，不敢要我，我只得去做那些更辛苦、拿钱更少的活儿，只要有人愿意要我，只要有钱，能让我吃上一口新鲜饭菜。

后来我还经过群演认识的朋友引路，去批发市场批发衣服回来，主要是一些集体活动、体操比赛的统一服装。去卖场做销售，卖摩托车，直到后来限制摩托车上路，摩托车不好卖后，才转行。

所有能赚钱养活自己的活儿我都去尝试了，可是我也从来没有因此而让自己摆脱生活的窘境。如果上天有神存在，他大抵是公平到不愿意插手人间的事，任由人间的一切以他们自己的逻辑运转着。虽然没有因为各种折腾挣到钱，但基本上能自给自足，也让我收获了很多的朋友。

我相信，上天赐予我们的最好的礼物，就是我们在人生的各个阶段遇见的不同的朋友，他们或许只能陪伴你走一段人生，又或许能陪你一辈子，这都不重要，重要的是，他们在某一刻让你觉得，生活还不那么绝望，这就是朋友在当时对我最大的意义。这也是生活的意义吧。

也许有人做演员梦，是为了得到光环，我也做过演员梦，可我是为了生活。

有很多演员把自己的演艺事业包装得光鲜亮丽，甚至不食人间烟火。在我看来，它是一个好玩的工作，是一个值得我去热爱的工作，也是一个挣钱的工作，如果我努力去做，且也能做好，能挣到很多很多的钱，为什么不可以？

我就是要做那世俗而真实的梦。

我厌倦了一天几元钱的生活费，需要我绞尽脑汁、竭尽全力去做各种事情养活自己，我不想要那样的生活。

如果现在，你问我什么是生活，我想，大概我会告诉你，生活就是折腾不止、拼命不息，生活就是抗争，目标是让自己过想要的生活。能在做好自己热爱的事业的同时，把钱挣了，而且能挣很多，那是值得骄傲的生活方式。活着，就是少一些忧虑，多一些快乐。

我的演员梦

我的演员梦，就诞生于昔日那为了谋生的群演经历之中。

没有所谓的偶像光环，从最底层做起，既然演戏能比卖衣服、卖摩托、洗碗、去超市点货、看仓库、发传单更挣钱，为什么不去？

我家在武汉郊区的一个工业区，每次进城都得三四十分钟，演戏的工作都在城里，每次往城里去，都得花很长时间。公交、轻轨、地铁，轮着转车。刚开始的时候我的态度并不认真，想着每天收入一百元，如果打车去打车回，还可以剩下二十元，反正就当玩，可当

我在剧组认识越来越多的人之后，当我选择以此谋生时，打车的开支就必须节省下来了。

你得和朋友们一起吃饭、一起玩。人家请你吃饭还得请回去，俗话说，朋友多了路好走。后来我就不打车了，早出门一个多小时去片场，把省下的钱用来交朋友，也渐渐认识了电视台的导演、副导演，并因此接到了更多的工作。

刚开始的群演收入只有一百元，后来成了有台词的特约演员，一天的收入就达到了五百元、八百元。这样的收入几乎是我中学拿到的从未有过的高收入了。

　　有钱，我才能租房，才能交水电燃气费，才能好好吃饭，才能在朋友对我好之后报之以李。

　　但那时候除了觉得收入高了，隐约也觉察到演戏的有趣。

　　因为生活的窘迫，也因为自己还是高中生，我一直没有机会接触专业的学习，在我和真正的演员之间一定是有着一道鸿沟的。

　　有时候，我会产生刹那的错觉，好像我真的在演戏一样，以演员的身份。

　　尽管那时我还在上高中，没有接受过任何专业的演

艺培训，却丝毫没有影响我继续去做这个梦。

　　做艺人，去演戏、去唱歌，怎样都好。我喜欢在长江边晃悠。做艺人就好比你在饥饿时，看见江的对岸有一个巨大的面包，它比楼房还高，那么不现实却又那么给人以希望。你要想吃上这口面包，必须走很远的路，才能有一座长江大桥，把你送到江的对岸。你的饥饿感突然就那么强烈，好像村上春树在《袭击面包店》里所描绘的那种饥饿，你撑不住走到大桥、走到对岸去，那种强大的渴望，就那么突然从你的肩胛骨下萌芽出来，长出一双翅膀。你想飞过去，哪怕你知道这不现实，可生活的现实，在某一刻击中你，你知道，你必须飞过去。你要做一个艺人，去向所有人表演你所见过的不那么美好的但是却充满希望的人间百态。

艺考之路

我想做演员。

最初我意识到这点，是因为它能挣钱。那时，我的生活没有家庭的支持，用的每一分钱，都得靠自己。

可后来，我想当演员，又有了别样的缘故。

我是一个喜欢艺术又贪玩的人，而演戏到后来给我的感觉变成了一个值得去研究的好玩的艺术门类。哪怕辛苦，依旧会觉得它是有趣的。仿佛是跟一群志同道合的人在一起，做着类似过家家的游戏。在那一刻的喧嚣里，你心里会有一种特别的东西能静下来，让你看明白眼前的人，谁是好人，谁是坏人，透过他们的面孔，你能看

到他们每个人不一样的故事。谁是你喜欢的人，谁是你不喜欢的人，以及他身上的别的特质。突然发现，表演这件事，让我学会的不只是挣钱，还有读人，每个人都好像一本书，你能在书里看到很多的知识。

一个导演跟我说，这就是演员的特质。

记得当时我说，那我可能就适合做演员。

那时，我开始认认真真地学戏，在艺考班的集训班里学戏。

规规矩矩地坐在教室里上学，是我不擅长的。但是在艺考班，我的成绩一直在前几名，虽然数学差了些，但文科的成绩还不错。专业考试中播音主持和表演，我总是能拿到很好的成绩。基于常年写作的一点点功底，作文还能给我加上几分。

艺考集训班在一个工业区的小学校，破破烂烂的，尽管老师很用心在教，也都很实用，但很快老师讲的内容就不能满足我的学习渴望。这样下去，什么时候才能把自己引向演员之路呢？

后来，我就不愿意在学校学了。外面见到的很多演员，他们的实际经验更丰富，也能给我很多老师不能给的东西。我在学校挂了名字，继续投入社会这个大课堂，我们所读所学，到底也是为了投入这个纷繁复杂的"大染缸"，能早早见识更多的风景，未必是坏事，当然，也未必完全是好事，比如我的基本功有所欠缺，我是明白的，但是我有学好的渴望。

当时一个朋友在担任导演，就常常叫我拍些银行、酒店、潮牌的广告，那也是一种学习。而且那时，我能挣到两三千元一次的演出费用，这对当时的我来说，也充满诱惑。

这么多年，突然第一次觉得，我可以不那么狼狈地养活自己了。

高考时想和我喜欢的姑娘考到一所学校，结果并没能如愿，我高考文化课成绩387分，机缘巧合报名了上海师范大学，结果也并不如人意，后来又随便报了一所二本大学——武汉设计工程学院成龙影视传媒学院，成龙大哥办的学校。

他们看我文化课成绩在艺考生里还算不错，播音主持和表演的专业分也非常高，给我打电话确认是否来校报到，说有两万八的全额奖学金，我毫不犹豫地就去了。

我的高中三年并没花太多时间在学校，但文化课成绩和艺考专业成绩都不错，我想说，只要你愿意学习，未必一定是在学校的课堂，人生处处都是课堂。当然，我不是号召大家不学习，我也一直都有读书的习惯，一

雨说话的声音

像指甲盖旁的倒刺和脚底的沙

妨碍着本该存在的安静

它说天不早了，带它回家

种终身学习的态度往往能给我们带来很多意想不到的收获。一个人到底是不能仅仅凭借所谓"天资"而成为卓越的人的，方仲永再高的天资，最后也泯然众人。

想想后来走的路，能去成龙大哥办的学校对我后面的人生路，有着非常重要的影响。不去成龙影视传媒学院，我就不会去韩国受训，也会失去后来的很多机会与可能性。最好的选择？最对的选择？我们总想得到最优的，其实，不管是学艺术，或者做其他事，忠于自己内心，就是最好的。

我们走到哪里，生活就在哪里

生活是我们一辈子需要去面对的主题。

这对贫穷或富有、健康或疾病的人来说，都是同样的。

每个人都有自己的困境。

虽然我进入成龙影视传媒学院，和老师、同窗的相处也还算愉快，但学校的教学终究还是不能满足我的贪心，况且我还要谋生，好长一段时间我都没去上学，一直在外面挣钱，接广告、拍微电影，也帮朋友拍作业，甚至还去拍过家庭伦理剧……

大一的时候，学校给了两万八的奖学金。这个数额对当时的我来说，已经相当大了。当时就寻思着做点什

么。高中的时候，我和一个导演朋友创业，成立过工作室，接各种广告、视频制作。还算积攒了些经验，不如就创业吧！

我拿着几万块钱，拉了两个朋友，合计投资了十几万，一起在学校对面的一条宽巷，租下一套楼上楼下使用面积共九十多平方米的房子，稍微装修之后，做成了一间小酒吧。

刚开始的时候，还算挣钱，大学生图新鲜，而且离学校近，来往的大多都是学校里的朋友，我的人缘又还不错，生意也就还顺顺利利。但后来因为地址较偏，加上面积不大，比起那些面积更大、投资更多、影响力更大的酒吧，我们的确显得势单力薄。

酒吧给人的感觉似乎就和丽江一样，人们总是盼着能在这里有一段故事，后来当他们发现我们的酒吧和他们心里的魅力之都并不一样，渐渐地也就来得少了。

房租却一直在支付，哪怕我们几个合伙人不拿任何工资，也招架不住入不敷出的局面。创业总是不容易的，我也不想太快就放弃，酒吧亏钱，我就出去拼命接活儿，几乎不挑工作，只要能弥补上亏空便好。既然决定要创业开这家店，就不能一遇到问题就放弃。没过多久，韩国有一家公司来学校招募学生去韩国学习。当时我是心动的，因为我一直想走出国门看看不一样的世界，而经济条件并不允许，现在有了一个机会，甚至还能学习我一直热爱着的音乐，何乐而不为？可我还没能走出酒吧亏损的困境，也囊中羞涩，虽然我不知道这条路通向哪里，走一步算一步吧。

我说，我去。

学校说，特别累，特别辛苦。

我说，我行！

经过选拔之后，学校推选了两个人，我成了其中之一。

只是我没想到的是，去韩国之后，消费更大。国内的酒吧还在亏着钱，不忍心关掉，在韩国学习，日常开销还得花很多钱。

上天总是在某个时候出来给我们上课，让我们明白生活从来都不容易。我开始在便利店当收银员，时薪很高，对于当时一碗泡面两个人混着吃的我来说真的是一个非常体面的工作。也有韩国的朋友推荐我去KTV会所驻唱，在他们那儿叫DJ，收入也很诱人，而我并没有接受，是出于时间的问题，我还有学习任务需要完成。后来我还在明洞那样的旅游胜地兼职做招徕生意的店员，需要吆喝，想想挺丢人的，但是生活从来都会教我们如何放下傲气。我用英文、中文、韩文招徕各地来旅游的客人，拿着三百元的时薪，收入非常高，但却有时间限制，每天只能工作四五个小时。

如此做着多份工作，一边在韩国学习，一边把钱打回国内，补贴酒吧的亏损。那一年的经历也并没能如我所愿地摆脱困境。不管你走到哪里，你在的地方就是有生活的地方。旅游也并不能帮助我们逃避我们身后的压力，我们总是在用着一些方式去积蓄力量。

后来我想，继续待着不合适，或许是时候回国了。虽然创业并不顺利，但感觉某种力量把我渐渐推向了现在的自己。路从来没有白走的，每一步都属于自己。

在国外的那一年

————

大家都知道在韩国学习、做练习生很苦。

在网上随便查查，你就可以找到很多人揭露韩国留学或练习生制度的帖子。

我回忆在韩国学习那一年，那种连鞋袜都穿戴整齐睡觉的日子，会让人恍惚，好像那黑暗的空间会把自己吞噬进无底的深渊一样。

学习的环境很简单，拥有一间很小的地下室，有一张沙发可以睡觉，楼上有个房间，可以放衣服，只是有一股难以形容的味道和"自由驰骋"的蟑螂，我从没见过那么大个儿的蟑螂，而且我很害怕蟑螂。我住的这间小黑屋,活像鲁迅在《呐喊》序言里写的那种感觉,昏暗的,你一个人在里面跳舞。

每周老师来教一组舞蹈,或者几个动作,或者练习唱歌技巧,然后剩下的时间老师几乎不会再做指导,我要做的就是不断地重复老师所教的内容,一练就是一整天。

晚上还有跑步的任务,锻炼体能。第一天去的时候,放下行李就开始八公里训练,体能不太好的我有些吃不消,第二天就是十公里,越加越长。到后来,一跑就是一个马拉松——四十二公里,每周大概都会跑一到两个"全马"。对非运动员的我来说,着实吃了不少苦头。

每天都跑到很晚,然后回到地下室,地下室湿气很重,不透风,又闷又热,也只有一台电风扇,大多数时候是难受的,洗完澡躺在起毛球的老沙发里,浑身难受睡不着,

于是乎我开始了喝酒助眠。常常睡一两个小时，就要起来训练，或是唱歌，或是跳舞。每天如是。

昏暗的练舞室还有监控设备，老师不在的时候，监控设备全程录像，偷懒就会被罚跑步。人会疲倦，监控不会。在那样的"眼睛"注视下，也只能强忍睡意和酸痛继续坚持着。

跳舞，跳舞，跳舞。

唱歌，唱歌，唱歌。

跑步，跑步，跑步。

我并没有很好的舞蹈天分，老师教的也都是一些基本的动作。在唱歌方面，练习强度大到我声带长了一块不小的息肉，以至于声带不能完全闭合。我常常在窄得只能容下我一个人的沙发上，穿着衣服和鞋子睡觉，因为不知道自己会不会在两三个小时的睡眠后被叫醒，这样做也是为了节省穿衣服的时间。这种穿戴整齐的紧迫感就像在北极睡眠时喝水憋尿的道理一样，我有时也会喝很多啤酒再入眠，起到同样的效果。

地下室的空气都好像是湿重的，呼吸让人觉得闷得慌。只有靠喝酒出点汗，才能畅快一些。

一同来的小伙伴一个星期之后就受不了回国了。我不知道自己是怎么撑到最后的。他走后，所有的一切只能我一个人面对。刚开始还不敢偷懒，所有的高强度训练，都撑了下来。

因为睡眠时间太短，每天又是高强度的训练，对嗓子伤害特别大，几乎只有充足的睡眠才可能恢复。没别的办法。当时吃了很多的药，花了很多的钱，都没有效果，要么做手术，用激光把息肉切割掉，一个人在国外手术诸多不便，费用还很昂贵，所以也就作罢了。

声带长息肉之后，不能完全闭合，吊嗓子也只能吊一半，别说唱歌，说话都费劲。这毛病也是那时候遗留下来的，到现在都没完全好。这毛病贯穿我参加《明日之子》的全过程，所有人都能看到我努力地唱歌、表演，看到我的笑容，却看不到这些，我也不可能在节目里说，我是带病上台，我不想把它变成一场卖惨的表演。唱歌比赛，比的就是唱歌。

当时在韩国，因为生病，也开始偶尔偷懒，偶尔晚上溜出去买酒，或者和在韩国新认识的朋友一起吃火锅。老师和宿管不在的时候，有给自己放个假，大概也是能在忙中偷闲，才得以让自己撑到最后吧。我一直都没有放弃国内的酒吧，那段时间偷懒，没有训练的日子，我也从来没有闲着，都在外面打工挣钱，补贴生活，也补贴酒吧的亏损。

最巧的是，我在韩国的声乐指导老师是一个在中国工作过的韩国人，他之前在中国担任国内某个音乐节目的声乐顾问。舞蹈我不擅长，但声乐一点都没偷懒过，我也因此和声乐老师关系特别好。甚至，我们还互相教对方自己国家的语言。他教我用韩文骂人，我教他用中文骂人，互相教完之后，都哈哈大笑起来。

　　没想到回国后，参加《明日之子》，我的编曲老师的声乐助理，正好是这位声乐老师。

　　那种感觉特别微妙。我不会知道，从韩国到中国，我们还会遇见，还会合作，当我在茫茫人海中看见他时，他也看见了我，就那么一瞬，我突然就相信了世间所有的相遇都是久别重逢。

　　人生中总会有那么一些冥冥中的巧合，把我们推向某个方向，推向某个目的地，会遇到谁，会从事什么样

的工作，会过怎样的人生，好像一切早就被书写好了似的。我们都知道，每年都有很多人到韩国去学习，做练习生，接受韩国系统化的艺人培训，有的人能破茧成蝶，有的人不能，但依然有很多人为着那看似虚无缥缈的梦在努力。

明日之子

从前我其实是有些排斥选秀的。选秀就好似Beyond的《俾面派对》，只是当下。但我不知道还有什么别的方法可以更好地实现自己的目标。

在去韩国之前我的公司就找过我，问我要不要参加《燃烧吧少年！》这档节目，我因为不想做男团，就没去，公司也没勉强。当时公司的人告诉我，不管我什么时候回国，只需要说一声，就可以来公司面试。

刚从韩国回来的我，想着回国也没工作，就联系了当时承诺我的那位女士，来了公司，见了洁子姐。

当时我们在一个茶室见面，我一进去就看见洁子姐坐在对面，旁边站了个律师，在场的还有其他几个人和一台摄像机。洁子姐把合同放在桌子上，说："你看看合同吧，五点钟之前，决定是否签约。"

我怀着忐忑的心情，前后翻了三个小时的合同，也没看明白。出于信任，或者是因为对未来有些迷茫，也不知道要做什么，就签了。

整个下午，朋友一直在楼下坐着等我。

"我签了个合同。"我走下楼去，和朋友说。

大概他也觉得有些突然。但是一切就那么发生了，我的艺人之路就在那一刻开始走上正轨。我以为公司很快会联系我，但等了很久都没联系，于是，我就又去了韩国。

这次去韩国我把大部分精力放在了谋生上。生活还得继续，得挣钱，得养活自己。

人在局外

可爱的傻子大过傻得可爱

理智既不是褒义词也不是必然要存在的

因为客观而开心和因为主观而开心

简单的一定是后者

愤世嫉俗不如骑驴找马

坐井观天

以上都可能不是事实

再回来就是参加《明日之子》了。

《明日之子》海选，发现了好多做着明星梦的人，各种各样的人都有，你会觉得很有趣，不管每个人长得怎样，之前有怎样的故事，他们或者说我们，都站在这个舞台上，等待着被更多人关注，希望有更多人喜欢我们。

节目播出后，我就正式成了一名艺人。选秀给了我们普通人一个机会。虽然开始觉得《明日之子》这名字怪，可节目播出后，效果还挺好，节目里确实有很多厉害的朋友，突然觉得，来到这里，让我学到更多。《明日之子》，这名字也蕴含着很多的内涵吧，至少有一种是：改变。

一个节目能给我的最多的东西

　　偶然听朋友说起"自由"这个话题，世间没有绝对的自由，所有的一切都必须在它所在的圈子里，去适应它必须遵守的规则。

　　刚开始我对选秀这种形式并没有太多好感，但是，那似乎就是当下我必须去遵守的规则。

　　每个人都有自己要遵守的东西。

　　节目给了我很多。给了我关注度，给了我一帮朋友，我也希望可以带给那些喜欢我的人以感动。

　　节目中，大家成了朋友，成了兄弟，台上是竞技场，台下是一家人。我们在节目中感动、流泪，如果要我给这感动、这眼泪一个原因，那就是为了这帮兄弟。

当时我和萝卜一个宿舍，演出或排练后，我们就坐在大客厅里，和毛不易、马伯骞、周震南、孟子坤等一帮朋友一起看电视，看恐怖片，吃零食，喝酒，甚至叫来火锅吃。大家围坐在一起，聊天，聊音乐，聊当今的音乐是怎样的，什么是音乐，现在流行的又是什么，我们可以一聊就聊一整夜。节目里认识的这帮朋友，可能是我最大的收获，非常珍贵。

我们是热爱音乐的，希望有机会可以呈现给大家我们对音乐的所有热爱与真诚。

我们需要一个关于以后要走怎样的人生的答案，可是没人能给得了，只能并肩去探寻。

小时候我喜欢模仿演唱电视剧的主题曲，长大后我却发现，任何模仿都没办法把我们带向彼岸。关于未来，我想就凭借着我和周震南、萝卜他们可以聊音乐聊到天亮的那种热情，走在音乐这条路上，努力去做好自己，这样就够了。

我眼中的选秀

游戏人生是一种态度。

我信守这条准则。开开心心地玩过，不枉此生，是我一直遵循的东西。

很多人说，人这一辈子就是要成功，要赚钱，要多么优越，我不想去否定，那也是一种选择，只是我选择的是开心。除了我自己，谁也不能定义我。

《明日之子》是我人生中的重要经历。我想，选秀对每个选秀歌手来说都仿佛只是"梦一场"。我们每个选手都全情投入其中，都在用自己最真诚的一面对待这个让我们可以出道的机会。在台上的那一刻，我们是努力的，我们是真诚的，我们对得起每个观看比赛的观众，对得起同台竞技的每个选手，对得起每一滴属于我们或属于观众的眼泪。这就足够了。

做节目的人用心了，参加节目的选手努力了，看节目的观众开心了，一切就够了。

最让我开心的，大概就是人生中第一次有那么专业、那么庞大的一个团队在为自己服务。我们一起做音乐，一起排练。或许我是没有太多安全感和幸福感的人，这样人生中再也难得的机会，我沉浸其中。

几十个人帮我选曲、编曲，思考舞台走位、舞台效果、灯光，每个人都在为自己服务的感觉，这对普通到所有事都只能自己去争取的我来说，未免太过幸福。能和那么多优秀的声乐老师交流，听他们聊起自己的人生，听他们的经验之谈，太有意思，这比我上那么多年学给

我的影响都要大。

和卓越的人待在一起，就是幸福。

但并不是一切都那么美好。

之前在韩国，就因为高强度的训练，休息太少，导致我的声带出了问题，长了息肉。在《明日之子》每场演出的前一天，都要排练十几遍，排练到凌晨两三点，就为了节目效果尽可能好，不出任何差错。

因为嗓子的问题，到第三期的时候，我几乎都快唱不出声来。不能半途而废，我只能吃药，做雾化，勉强上台。或许多年后，再听这些歌，我自己也没办法接受吧。我也没办法在节目里告诉大家，自己嗓子出了问题。我不想靠着这样的方式获得观众的谅解，毕竟音乐是最公平的。

索性带着玩的心态，去应对一切可能。既然做艺人

本身也是一场巧合，那就尽力而为，在自己能力范围内
做好它，让自己开心，让自己满意，也让大家满意，皆
大欢喜。

喜欢一个人

恋爱应该是一件很美好的事。

它像一个让人全情投入的养成游戏，你在养成对方的同时，也在被对方养成。它的意义在于乐趣和改变，或是陪伴吧，爱情会打开你属于二郎神的第三只眼，看到一个加了滤镜的世界。

人活一辈子最重要的就是开心，做自己喜欢的事，而我恰巧就喜欢爱与被爱的感觉，喜欢有人陪伴。

小时候家庭不太幸福，所以我对家人的感觉疏离，但是一个人让我愿意对她敞开心扉，愿意和她心对心地交流，我想，这个人就是我喜欢的人，希望从对方身上得到陪伴和安全感。

所以，我很小的时候就开始喜欢一个人了。

小学入学前，我们都会提前把自己的照片寄给老师，老师会把我们的照片贴在教室后面的照片墙上，帮助大家互相认识。每张照片下面都有自己的名字。

当我站在照片墙前的时候，就看到了一位姑娘。

那时并不是什么是恋爱，就是莫名地喜欢她，想跟她一起玩。那种什么都不懂的感觉，现在回忆起来确实是美好的，因为回忆会为那份喜欢也加上一层滤镜。那段时间的所有事物，连一片落叶都是美的。

那时流行轮滑，我每周五都会去学校旁边的大学广场滑旱冰，因为那边有一块很大的空地，有一个不算陡但长长的斜坡。班上的同学经常一起过去玩。

周五放学，我想，今天晚上会在广场上见到她，鼓足了劲儿想表达我内心对她的感受。于是，我写了张小字条，然后把小字条折成一个爱心的形状，那时候的我还青涩，不敢当面给她，就想，干脆塞到她的轮滑包里吧，她看到小字条就会明白我的心意了。

只是，没想到我错塞到了她闺密的包里。她们的轮滑包一模一样。因为我又没写明是送给谁的，这就造成了误会。

结果到周一去学校时我才发现错了。

她的闺密觉得我喜欢她，我想解释却又不知道怎么解释，想直接告诉她这是个误会，但也太伤人了，后来就想了个很委婉的方式：每次她来找我的时候，我都问她她闺密最近在干吗，最近在哪儿玩，旁敲侧击地暗示她。

到三四年级的时候，学校开始流行玩手机，发短信，我就经常用从姥姥家翻出来的黑白手机和喜欢的那个小

女生发短信。聊天熟悉之后，我们就经常在一起玩儿。

那种青涩的感觉很美好，就算只是一起上学、放学也是快乐的。

我们也经常一起去公园散步、聊天、喝饮料，没完没了地发短信，好像世间永远可以停在那一刻一样。

第一次养猫

小学生那种喜欢在一起玩的情愫怎么能算恋爱呢?

那时候真的什么都不懂。但回忆起小学这段记忆,还是值得说的。

我很喜欢猫,她也喜欢。

当时我没有固定的居所,大多是住在爷爷奶奶家。

我想如果有一只猫就好了,我们或许可以离得近一些。于是,我就去花鸟市场买了一只小猫,很可爱,也很便宜,几十元钱。

带回去之后,奶奶看见小猫特别生气——她并不是一个喜欢动物的人。

我一直求情，说，我就养这几天，回头我就搬走，不住这儿了。确实我马上就要搬到姥姥家，那时候喜欢画画，我的小姨碰巧是美术老师，在姥姥家我会更开心些。

　　那时我觉得猫是多可爱的生灵啊，好像是上天派来人间的天使。但我是一个小孩，哪有和家长谈条件的余地呢？

　　奶奶不允许，她偷偷把小猫放到了楼下的花园里，这对当时的我来说是一件特别残忍的事情，我知道后疯了似的下楼去找，我害怕它没办法好好地生存下去，也深深地感到了一种我并不熟悉的情绪——愧疚。找了很久，也没有找到。那以后我对所有的猫都很亲近，我没能在儿时保护好那个我带回家的生命，没能负起我对它的责任，从那以后我遇见的任何一只猫我都会把它当作那只走丢的小猫，亲近它。后来，我很少去爷爷奶奶家。

人在局外

这是我唯一买过的一只小猫。后来我养的猫都是领养的，或是来家里做客的流浪猫。从那以后，我就一直很喜欢猫这种动物了。

这么多年过去，偶尔看到家里的猫，还是会在某个刹那，想起小时候在奶奶家的那一只，它后来到底去了哪儿，是否还活着？

我所理解的爱情

柏拉图在《会饮篇》里，讲述了一个寓言。

上古的人类，男女同体，他们能力通天，上帝觉得受到了威胁，就用法力将他们一分为二，变成了独立的男人和女人。

此后，他们需要不断地在人群中拥抱彼此，来找到自己原生的另一半。

这有点像巴别塔的故事，因为人类团结起来的力量太过强大，于是上帝用语言和地域观念隔开了所有人。

这个寓言故事也说明了一点：真爱难寻，我们必须在人群中不断地去拥抱，才可能找到和自己完全严丝合缝的另一个人。幸运的人，这个过程很短，而不幸的人，可能会很长。有的人在拥抱的过程中，发现对方虽然不是自己要找的人，但彼此都给予了对方一些东西，同时也被对方影响过，带着这份收获，他们会继续前行。

拥抱的这个过程，也是非常重要的，重要的从来不只是目的地。

我对恋爱的理解，或许和很多人有些不同。当家庭不能给我足够的安全感时，爱情成了我很重要的自我认同方式。我谈过的恋爱，有些或许都算不得恋爱，只是享受那个彼此沟通的过程，人和人之间的彼此信任、拥抱，能够给对方带去温暖的感受。

每个人都是靠着那一丝温暖，在努力地给这个世界散发一些积极的正能量的。

我很喜欢和人沟通、交流，聊天也能获得很大的快乐。

初恋之后的恋爱，都很短暂，当我感受到我和恋爱对象在精神上不能达到合拍，不能达到完美的默契，我很快就会终止关系，而不希望给对方带去更多的困扰。

爱情应该是上天赐给我们最重要的东西之一。你能在人群中找到一个和你契合的人，那是幸运，好比中了五百万元的彩票。

恋爱是沟通，是精神上的陪伴。如果要让我给恋爱下个定义，我想，它就是一件能满足你精神需求的事，也许你是冲着结婚去的，也许不是，也许你选择谈恋爱，大学毕业，结婚生子，觉得那是快乐，你总能在那样一种关系中找到两个人精神上的沟通、交流，我觉得那种满足感就是爱。

爱情对我来说，很重要，它给了我温暖的东西，但不得不说，我并不是在每段感情里，都能保证以一个完美的好好先生去回应，甚至一开始就遇见对的人这件事，在我看来都是不可能完成的任务。

如果我觉得和我恋爱的人在精神上不能和我契合，不能从内心深处引起共鸣，就算她喜欢我，我也要做一个好好先生吗？任何人都不可能违背自己内心去做这样的选择。

可是，悲伤，也是我们必须去学习的东西。

能做到不以物喜，不以己悲，那大概只有没了七情六欲的圣人吧。

虽然悲伤看似是一种负面情绪，但我觉得那也是一种很重要的体验和感受，有爱情在，也必然有伤害在。那是一门必修课。

我也在爱情里为姑娘伤心过、难过过。

难过就喝酒，就闹腾，就像所有失恋的人一样。每个人都因为那么像，才显得真实。

真实最难得。与其去在意最终是不是修成正果，是不是 happy ending，我觉得爱情的过程是不是真实，是不是能够让相爱的两个人从这段关系里有所收获，更有意义。

在我还没稳定下来的那段时间，我总觉得恋爱就是恋爱，并不是说恋爱就一定得结婚。谈恋爱就是两个人在一起，我喜欢你，恰好你也喜欢我，我们在一起，很开心，那就是爱情最好的样子。

两个人在一起开心，分开伤心，开心能留下回忆，伤心能让我们看到感情可能存在的问题，能更好地前行，那是一段感情最真实的东西。我们应该从爱情里去享受喜怒哀乐，享受所有的感情，就算悲伤也一样，去品味、去感受爱情带给我们的礼物。

我就很享受悲伤这份礼物。一个人，如果你还能悲伤，那是多么不容易的事，那证明你对生活还有爱，还会为失去而难过。就像陈奕迅歌里唱的，很多人想失恋也没有目标，那才是惨吧！反而是酸甜苦辣都去尝个遍，能感受到内心深处的波澜起伏，就算那一刻是难过的，但它也是有意义的。

当你找到一个三观契合的人，不管是精神层面，还是生活层面，这样的契合非常难得，人海茫茫，你们就这样相遇了，彼此都想继续走下去，就会觉得特别安定。每个阶段的爱情都有不同的样子，但不管是什么样子，它都是美的。

爱情里，你找到那个合拍的人，就好像小王子找到了自己的玫瑰花，找到他驯养的狐狸，你在呵护浇灌一份感情，同时这份感情也在滋养着你。能从心灵深处实现共鸣，爱情也会更牢靠。

　　过去走过怎样的路，看过怎样的风景，遇见了多少玫瑰，它们都是宝贵的财富。那些出现在自己生命里的人，把我推向现在，推向一个更好的自己，推向一个在情感里更成熟的自己，去遇见现在最爱的人。

最好的生活是真实

不仅爱情里要真实，生活也一样。

经常有人说，你给我的感觉，和节目里不一样。

是啊，会有不一样。

节目只是我的一个侧面。

你在这本书里读到的我，是现阶段最真实的我，我在这里尽可能真实地自我剖析，说我想说的话，谈我经历的事。我真诚地对待节目，对这份工作认真负责，我知道，节目需要通过有限的时间尽可能地呈现最好的效果，将我们最好或者最独特的一面释放于镜头前。

当节目完结，我想我就不再只是节目里的样子，而

是我过去二十多年的人生经历让我成为的样子，一个真实的赵天宇。我会温柔地对待女朋友，我会感性、假装文艺地去发一些微博、朋友圈，当然内心深处某些敏感的东西，我可能不愿意完全地展示出来，但是我知道我应该怎样去真诚地对待我的生活。

声带长的肉瘤虽然小了很多，但还没有完全消失，或许需要等上很长一段时间。正是因为声带不能完全闭合，唱歌很辛苦，所以当时自己并不满意，也会觉得对不起大家。

但是我得保持最真诚的态度，既然参加了这个比赛，就应该做到善始善终，这是我能做的最大努力。生活总是如此，谁也没办法完全按照自己想要的方式去过每一天，有不完美，也因此才有了向往与追求。

我从小就爱玩儿，觉得玩耍的时候，那种状态也是最真实的，因为喜欢，就去学单簧管，觉得吉他好玩了，就去学吉他，觉得开酒吧有趣，那就去开酒吧。包括做艺人也一样，我想，最开始我觉得它能改善我的生活，那是一种真实的状态，后来，我觉得我喜欢，它能让我体验到更多的东西，这又是另外一种真实的状态。

一切机缘巧合把我推到这里，我不会去刻意迎合，我只想对当下那一刻自己内心深处最真实的想法负责，希望努力做到先让自己满意，再让身边的人和粉丝朋友们满意。

就像我做音乐，之前有人问我，你有没有偶像，希望自己成为怎样的音乐人？我想说，我对"偶像"这个概念很模糊。什么才是偶像呢？我有非常喜欢的音乐人，也有非常喜欢的演员，很多前辈都值得我去学习，但是我不想完全按照他们的生活范本去约束自己。虽然艺术的开端一定少不了模仿，但是越往后，模仿越是显得……

也许我作为一个新人还没有资格说如此高傲的话，但我

想按照自己的方式去唱歌、去表演，我想哪怕我以笨拙

的方式去做自己喜欢的东西，那一刻，至少观众看到的，

是一个可能不完美但一定真实的我。

一个人走的路

人生好像是一款被设定好的游戏，很多关卡注定要一个人过。

我从小就很独立，很多事都自己决定，用自己的方式去过自己的人生。每个人成长过程中可能都做过一些不那么对的事情，但我知道，我不会在错误的路上继续下去。我也知道，没有人可以不犯错。

我的独立，让我很快把过去翻篇。这些东西，都是我一个人在生活的摸爬滚打中学会的。自从父母离婚，他们选择了离开，让我自己在各个亲戚家住，后来稍微大一些我又自己租房住。很多东西，我都没有办法在一个好的家庭环境里去找参考。父母的分开，让我更早地学会了分辨善恶是非，更早地知道如何在生活中挣扎前行。

不管我们承认与否，我们每个人最终都会离开这个世界。

我也常常看到各种新闻，就算父母陪在身边，很多小孩不愿意听父母的，还是要自己去闯、去犯错，然后认识到自己的错误，再修正自己的路。

从这个角度来说，人的一生都是孤独的吧。

路到底是要一个人走的。

家人的概念在我心里比较淡漠，我知道他们也在努力做一些事情，但是很多事情，就好比你吃花生过敏，他们却送你一大包花生，说，这是带给你的礼物。你会感动，你会觉得温暖，可这样的感动和温暖就止步于这

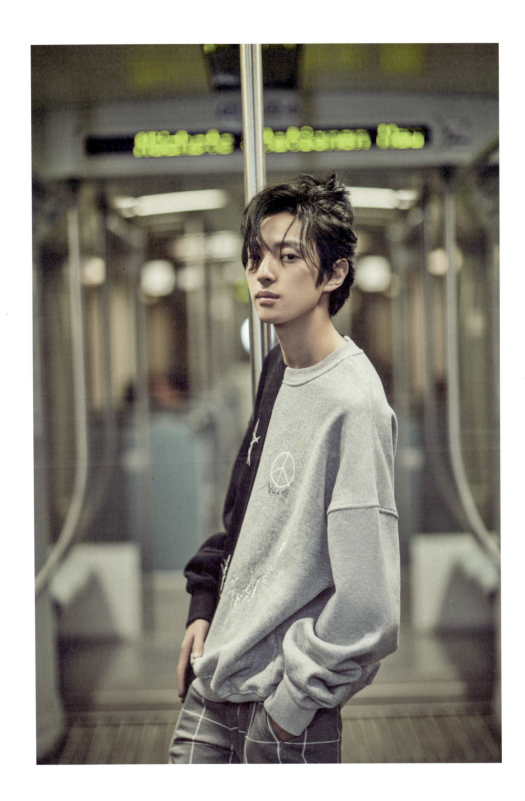

里了。因为这些花生对你来说，没有任何用，甚至在你不知情的时候害了你。妈妈和姥姥在音乐上对我的影响大概属于潜移默化，她们更多的是自己热爱，不是为了我而做出的选择。

她们没帮助我成长的那段时间，朋友教了我很多，我自己教会了自己很多，而教会我更多的是痛感和孤独感。我懂得了成长的路，终究是要一个人走的。

尽管如此，我们生活里还是会出现很多人，包括父母、姥姥姥爷、爷爷奶奶，以及朋友、恋人，他们或长或短地出现在我们的生命里，却一定会给我们上一课，对我们的人生产生影响。

所以，我在初中的时候学会了独立，也许比同龄人早熟，更早地懂得了生活的意义。我觉得独立跟年纪没有太大关系，有很多比我小的人，甚至比我的某些想法

人在局外

层次更深，这不在于年龄大小，在于你如何去经历生活，你遇见了什么人，经历了什么事，他们都教给了你什么……这些都会影响甚至决定你的视野，决定你看世界的方式。

人是孤独的，但是，生活也值得我们去闯，值得我们去经历更多，值得我们去弄明白这一生。我们来到这个世界，到底是为了什么。

做善良的自己

有一天，我突然开始思考善良。

那是因为一个朋友。和他的对话，启发了我很多，那种感觉就好像我在看了电影《幸福的拉扎罗》之后的感觉。

这些年，我认识了很多特别真诚的朋友，可以一起玩、一起闹，他们都在某个阶段陪伴了我的成长。朋友是什么呢？就是我们可能并不经常联系，但只要有事，互相知会一声，他们就会站出来，成为你坚实的后盾。对我而言，那是一种特有的并不虚无缥缈的安全感。

还有一种是对我启发很多，让我思考善良的这种精神上引路的朋友，甚至是良师。

他是我高中时候的好朋友，我的美声声乐老师，一个善良的胖子。他从心底散发出一种善良，也在用善良去影响身边的人。

记得当时我报的两所大学，考上了，我没去，后来上了一所二本学校。有一次我跟这个教美声的老师一起吃饭，就聊到我读大学的事，他说，我应该去上一本，上一所好的大学，这是对自己的投资。

他劝我复读一年,重考,还说找人帮我安排复读的事。我说，我不想花一年的钱去复读，上一个二本也挺好的。我知道，他是在替我着想，为我好。但他也很快了解了我的情况，他知道我当时的生活状况不太好，自己一个人要挣钱养活自己，还要供自己上学，所以一次学费都没有让我交。虽然钱是眼前的东西，而投资自己是一个

长远的计划，但那时候的我就是被眼前的东西给卡住了，好像骨头卡在了喉咙里，那时候我不会觉得是在吃肉，我只是觉得难受，想把骨头吐出来。

他后来说了两句："唉，虽然你现在过得不太好，但以后一定可以的，毕竟你是个善良的人。一个善良的人，上天是会赐福给你的。"

当时，我其实觉得特别羞愧。我不觉得自己当时的状况和过去的作为让我能称得上是个善良的人，但是我从他的语气里听出了信任，听出了真诚，也听出了祝福。

我知道，他说的是对的。

善良的人，应该过更好的人生。

那一刻，我知道我得改变，得做一个配得上"善良"这个词的自己。

我要逃离黑色的环境。

以前也许我对很多事情都不以为意，从那时候起我看到别人在做一件不好的事的时候，我会心里咯噔一下，想起那个声乐老师说的话——我知道，不能做，那是一件不好的事。

　　善良的观念，就在那一次关于高考、关于人生的谈话里，被种进了我的心里。

　　他是我身边很重要的朋友，好像摩西，好像一个引路人，突然就那么改变了我。我们在人生中都会遇到自己的引路人，或早或晚，那可能是一个人，可能是一本书，也可能是经历了很多事情后顿悟的自己。

　　其实身边很多人，都在影响着我，朋友，老师，甚至前女友或恋人。身边每个人都在潜移默化中改变着我，当然这些改变是润物无声的，或许并不像声乐老师有那么标志性的转折，但每一滴雨露，都非常重要。

当你觉得困难时，咬咬牙也就过去了

生活往往并没有给我们选择的余地。

很多时候，我们理想的家庭关系，是父慈母爱，一家人和和气气。我们以为的成功的人生是一帆风顺、经济独立。我们以为的爱情是完全契合的灵魂伴侣。

可是，当我们真正投入生活里去时，却发现，一切和想的都有些不同。父母可能会吵架，一帆风顺的人生几乎找不到，而完全契合的灵魂伴侣也只是传说。所以，有很多人困惑了，迷茫了，焦虑了。

那只是你以为你还有很多选择的余地，你觉得你可以成为那样的人。

其实往往把自己放低点，我们眼睛看得够远之后，就看不到眼前，看不到脚下的路了。

没有选择的余地时，我不会去想怎么去得到更好的，以此来折磨自己，发现自己和成功之间的距离，我不会奢求得到多好，我只求努力做到摆脱糟糕，让每一步都走得真实一点。

在韩国训练的那段时间，可以说就是这样。

我去韩国，有一部分原因是我想逃，逃到一个新的环境，侥幸着认为能有不一样的生活。

我换环境了，等待我的并不尽如人意。

这是我的选择，那就去完成它。

也许那段时间是我过去生涯里最刻苦的时候。刻苦到痛苦，但没的选，只能去面对。每天早上七点钟起床，洗漱之后就去舞蹈室，舞蹈室距离我住的地方有十几分

钟路程。每天我都会沿着汉江一直走，走到一处地下室，那里就是舞蹈室，从早晨一直跳到中午十一二点。

不断重复的舞蹈动作，乏味而考验体能，一些我并不擅长的项目，我得去做，因为这种磨砺，可能也是我来韩国的目的之一吧。

有时候跳舞累了就唱歌。唱歌、跳舞，反复地训练。很多人觉得艺人好做，我想他们是没有看到艺人失去了什么。人生都是对等的。

每天中午我又沿着汉江往回走，在家对面吃饭，吃完马上返回舞蹈室，一直练习到傍晚五六点，再回到同一家饭馆吃饭，再原路返回一直练到晚上八点。紧接着去汉江边跑步，做体能训练。有时跑完步还会回到舞蹈室，洗个澡之后开始练歌，一直唱到凌晨五六点。这是我一天中唯一能发泄情绪的时间。睡一会儿觉，到了七八点又要起床，开始新一天的轮回。

每天晚上只有两三个小时的休息时间，周而复始地训练，没有任何新鲜的东西，我甚至都已经记清楚了每天跑步会经过多少座桥，路边是什么风景，有什么建筑，有什么小店。

晚上睡得特别晚，第二天实在疲倦，有时候也可能在舞蹈室休息。吹着空调，在舞蹈室换衣服的隔间里休息一下，那一刻好像自己才是真的逃离了片刻的生活，突然一个惊醒，一切继续。

累吗？累。

想放弃吗？想。

放弃吗？不。

这样的生活，让我变得特别专注。累了只能挨着、撑着，如果退，我们又能退到哪里去呢？累了，抓住片刻的时间休息。饿了，就多吃一些。

那时候觉得自己特能扛，但谁又能真的永远扛着呢？身体还是发生了变化，比如声带不舒服，比如可能累到晕倒。最糟糕的时候，有一次晕倒一两天都起不来。但在所有糟糕来临前的那一刻，我都抱着自己还能行的心态在继续。

所以，那段时间有收获吗？当然有。

那时候也喝了不少酒。喝酒除湿，缓解浑身疼痛，帮助快速入眠，它像是一剂良药，在那个时候支撑着我熬过来。微醺的感觉，人飘忽忽的，好像那一刻可以忘了自己，忘了一切。但醒过来，我还是我，唱歌还是唱歌，跳舞还是跳舞，跑步还是跑步，从来没有人能逃离自己的生活。

因为实在太累、太辛苦，那段时间我的食量是有史以来最大的，那么高强度的训练，加上跑步，也没能让我的体重降下来。可见那时候到底消耗了多少能量，又要靠着怎样的饱食来弥补身体的需要。

你如果现在问我，那一年是怎么过的，那一年有多辛苦，我会说，辛苦的确辛苦，也没有捷径，所有的问题来了，只能顶住，撑下来，就是胜利。

生活很苦，甜味总得自己去寻

生活里总是有些困难的。

你觉得难的，不一定是让你辛苦的，但一定是让你觉得力不从心的。

训练时，唱歌、跳舞、跑步，强度大，休息时间短，我都撑过来了。偶尔还能有些"小确幸"，管理不那么严格的时候，还可以溜出去和朋友一起聚餐：吃饭、喝酒。所以，都不算困难。

第一次翻墙出去吃活章鱼的经历可以说是刻骨铭心了。它还在你嘴里动，那个吸盘吸住你的舌头，你会感觉到一个鲜活的生命在你嘴里，你得咬它，它的吸盘拼命挣扎，渴望活下去，还挺不忍的，又有点吓人，感觉它被吃下去之后似乎会在肚子里自由穿行。

现在回忆起来还挺有趣的。

那最难的是什么？对我来说在韩国最困难的是语言学习。一对一教学。教我的是练习室的老板，就那么站着，一个字一个音地教，读不上来，拿笔戳肚子，拿尺子抽后脑勺。我脾气本来是暴躁的，也不喜欢这种填鸭式的教学。曾经的我更愿意有一个自由的环境，让我自己去学、去成长。以前在班级里，即使老师点名了也可以假装听不见埋头不看老师眼神；而在这里，只有他一位老师，我一名学生，连回避问题的机会都没有。好几次他打我的时候，我其实特别生气。他越是激进地想要教我，我越是学不进去。

那段时间真的感觉太困难了。

人在局外

说出口的故事总是有真有假

爱总是伴随着棱角相互摩擦

令人牙酸的声响，总面临着抉择和忍耐

包容之类的词语总是那么动听

事实却并不会善意地包容人们犯下的过失

存在就是存在，芥蒂也难以解开

最后留下的还是爱和无法解脱的一颦一笑

祝你不在乎且过得随心

祝我保持不在乎的心性且越来越不像个浑蛋

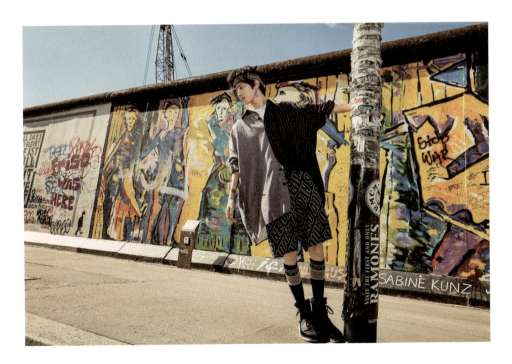

到最后我都没有完全学会韩语。可能是没有语言天赋，可能是逆反心理的抗拒，总之是没有学会。但是唱韩文歌没问题，典型的会读读不懂。不管多长的歌词，我都能唱下去，意思也能明白个大概，但语言这方面的成绩也就到这儿了。虽然我也并不觉得不逼着我，让我自己去看书，还能有更大的收获。

　　一年的时间想学通一门没有任何基础的外语对我来说还是困难了点儿。

　　艰难的时候，我就喝酒，也许喝酒可以让我忘却百分之八十的烦恼，至少暂时地忘记。每个人都有自己不愉快的时候和自己相处的方式——有的人喜欢跑步，有的人喜欢去健身房打拳击，有的人喜欢听歌。当我所有的爱好都是唱歌的时候，慢慢地，我似乎对用唱歌的方式来抵抗内心糟糕的情绪这种方式已经免疫了。

只有喝酒才能带来短暂的愉悦。在那段时间里，高强度的训练使身体疼痛、睡眠缺乏，所以喝酒或许是让我快速入眠、缓解疼痛、心情得以愉悦的最好方式。

偶尔还会玩游戏，在游戏世界里杀敌的畅快感，也能让我忘却烦恼。当然游戏有输赢，输了还是会苦恼。这么多年，在生活上陷入困境时朋友给了我很多帮助，我很喜欢和朋友一起玩，可是特别苦恼的时候，我却不愿意带着情绪去见朋友，闷在家里也难过，当情绪消化之后，我才会和朋友一起玩、一起喝酒，在很热闹的氛围里，全都是快乐。

也许骨子里我还是很喜欢热闹的吧。和朋友开开心心在一起的时候，那些藏在心里的困扰都会烟消云散。至少那一刻，你不会去想那些困难的事，不会管身上的疼痛，不会管睡不好觉，不会管嗓子哑到唱不出，不会管学习语言的自卑和痛苦。

生活很苦，甜味总得自己去寻。

烦恼与快乐

我喜欢喧嚣的感觉。所有人都在欢歌、舞蹈、觥筹交错，人声鼎沸的环境里好像一切都是燃烧起来的，让整个人热血沸腾，那样你会感觉自己被点燃，也不会觉得自己还有烦恼。

有人觉得喧嚣让人孤独，但我想，那样的性格到底是太过于感性、内化、关注自我了。喧嚣给我们一个融入集体，互相把目光投射到朋友身上的机会。

如果生活遇到小问题，我会自己消化；遇到我自己一个人解决不了的问题，我更愿意像投掷一个篮球那样，把自己投掷到人群里去。

我不太喜欢把自己的烦恼告诉别人。倾诉或许能给你带来短暂的愉悦，但是我从来不信绝对的"感同身受"。所以，当你把你的遭遇和困境说出来，或许对方会安慰你几句，可他也许是体会不到你的困境、你的难过、你的无能为力的。他不管是有心还是无意，这些境遇对他来说也就只是一个故事，你说完，它就在最后一个句号那里停下了。故事完结，一切也就结束了。

在你的情绪得不到足够的响应的时候，反而会增加新的困扰。

何苦如此呢？

世间任何两个人都是不同的，我们很难说可以互相理解彼此，所以，你说出来，别人不会当回事，你也就没必要把所有事情跟大家说。

我喜欢和朋友一起交流、一起玩，在那个喧嚣的环境里，闹的时候、玩的时候自然而然地也就把注意力散开了，你不会再想自己的不愉快，而更多注意力也许就放在劝酒和躲酒的说辞上了。当你抛开自己的烦恼，你也就放下了它，愉悦自然也就来了。

你知道，焦虑的时候，你什么也做不下去，看书？听歌？大吃一顿？

在糟糕的时候，你会觉得你最爱的兴趣都不那么可爱了，糟糕的情绪就是那么厉害，可以让一切都变得很负面。这时候，你或许可以试着让自己没心没肺地高兴起来。

除了和朋友喝酒，我还会选择打游戏。这看起来特别不靠谱，可是和朋友一起热闹的合作或竞技，交流或争吵，仿佛回归了儿时在院子里和认识或不认识的男孩女孩们嬉戏打闹的快乐，纯粹的快乐。

游戏的发明就是为了让人愉悦。

人生最重要的就是"快乐"两个字。我的观念就是，人就要有趣，就要好玩。吃好、喝好、玩好，对我来说就是快乐，简单而肤浅，但却是异常真实的快乐。

游戏被发明出来就是为了给喜欢它的人带去愉悦，就是为了让人玩。

人生快乐了，就没有时间是在被浪费，有一刻你是满足的，你做的一切也就是值得的。

梁启超先生不也喜欢打麻将吗？麻将就是一种桌游，他甚至能从打麻将里看出治国的道理来。你能说"梁启超，你是学者，你不应该打麻将"吗？梁启超也觉得趣味是一切生活的根底，大概就是这个道理吧。

我玩过很多游戏：《刺激战场》《王者荣耀》《炉石传说》《魔兽》《CS》《CF》《红警》《星际争霸》《泡

泡堂》……我很少会沉迷某种游戏，只想感受那种乐趣，乐趣没了，可能就不会玩了，会再去寻找新的乐趣。

小时候玩《魔兽》，老是和我舅舅一块儿玩，我玩他的号，常常操纵他的角色去跳崖，或者扔他的装备，哈哈，整蛊我舅舅的行为，你也可以把它当作是一种有趣的游戏。《魔兽》火的时候，我还很小，那时候也不会觉得扔他的东西不好，只是图开心。后来我还玩过《魔兽》的卡牌游戏《炉石传说》，算起来有那么几款游戏确实陪伴了我几年。

小时候家里没人管，我表哥经常带着我出去，每次他和他朋友出去玩，就把我扔在网吧，让我玩《泡泡堂》，我可以打一整天《泡泡堂》，直到表哥来接我走。现在长大了，对乐趣的追求也会产生变化，比如现在我喜欢买一些游戏周边，类似《塞尔达传说》的手办等。

每个人都有自己独特的解压方式，游戏对我来说就是放松自己、释放焦虑的时刻。当然要懂得自律，不能耽误工作，耽误正经事。有句话不是说嘛，真正厉害的人，说起床就起床，说睡觉就睡觉，说做事就做事，说玩就玩，说收心就收心。

品酒就是品生活

我喜欢喝酒，喜欢酒带来的微醺的美好。

酒对每个人都有不同的感觉，我见过不喝酒的人，也见过嗜酒如命的人，还见过千杯不醉的人，但是酒对我来说就是一种媒介，它和喝咖啡、喝冷饮没有本质意义上的差别，我更在意的是喝酒的那个过程，酒带来的微醺的感觉以及和谁一起喝，这些重要的程度甚至远远超过了酒本身。

最初人类发现酒的过程，是从水果发酵开始的。那时候的酒还不是高粱酒，还没有经过蒸馏、提纯，并不醉人，人们只把它当作一种"饮料"，或许从酒被发现的那一刻起，就没有想过要让人们去酗酒，去烂醉如泥。

对我来说，两百元、两千元，甚至两万元的酒，并没有实质上的差别，价格或许能定义它的市场价值，却定义不了我对酒的好坏评判。酒本身没有好坏，但它有故事，每一种酒都有它的故事。

我曾经很喜欢喝红酒。因为温润的口感与酒本身自带的某种气场和氛围，让它在某一个时间段成了我的首选饮品。红酒总与我各种各样的故事有关，某种特定的口感和气味总是让我的脑海中闪回曾经在喝这口酒时发生的故事，我总是清晰地记得那几瓶特定的酒，一旦喝到，就仿佛喝的是曾经的故事酿出的精华，有些属于友情，有些属于爱情，有些是开心，有些是难过。

我现在家里有很多酒、啤酒、红酒、洋酒，各种各样，桌子上都会摆上几瓶，有时候我不喝，只是坐在那里，看着这些个属于我的，仿佛孕育了几年甚至十几年生命的精灵，都会觉得有趣，都会觉得心满意足。

我家里有各种各样的杯子，我喝每种酒会用我习惯的相应杯子，这种讲究也是一种乐趣，或者说是一种麻烦的陋习吧。

譬如日本的威士忌我喜欢用宽口杯喝，由于味道相对温和，上宽下窄的杯型让我觉得每一口酒都很饱满，会喝得很多很快。如果是味道浓烈的，或是带着烟熏味道的威士忌，我会习惯用一种长得像"痰盂"的品酒杯。此外，喝酒用的冰块也不一样，有圆球形的冰块，也有正方形的冰块，还有大冰块和小冰块的区别，每当我按照一定的规则讲究起来，就像把品酒当成了一种有趣的仪式。

现在我家里喝威士忌的杯子比较多，红酒杯比较少，也不太愿意去买了。红酒杯太容易碎，以前买过一些贵重的高脚杯，不小心就打碎了，觉得特心疼。喝威士忌的酒杯放在那儿，就跟酒本身一样显得强烈、稳重，不像红酒杯，如一个苗条的、娇弱的姑娘，你不忍心伤害她，可是一不小心就碰到了，她碎了，自己也难过。

我品酒大多是有味道之分而不讲究味道的，陈年好酒，或者普通啤酒，对我来说都是酒，都值得认真对待。唯独喝威士忌，我会讲究它的味道，因为不同的威士忌的口感、甜度、浓度都不一样。比如说，同样是十八年的酒，有的是烟熏木的，有的是松子的，有的是小麦的，味道、浓淡都有差别。我比较喜欢喝淡一点的，比如松子酒，小麦的会稍稍浓一点，麦芽好一点的酒我特别喜欢，但是烟熏的或是太烈的我也不喜欢。

当然品酒最重要的还是心境，什么心态，和什么人，

这些东西赋予了酒更多的意义。你可以把酒当作一种"饮品"，但我更愿意把它当作一种"情绪"。生活会产生很多的情绪，好或者不好，都应该有对应的酒去和它共鸣。

游戏是快乐，也是一个生活的隐喻

家里有很多的酒，也有很多和游戏相关的东西。

我会搜集很多好玩的东西。

比如新出的 VR 眼镜，还有专门用来玩游戏的电脑、PS4 之类的，游戏碟也已经堆满了一柜子。有一段时间，我特别喜欢乐高，搜集了很多乐高，比如 DC 系列、漫威系列的乐高纪念款。有些买回来了我也会拼。有些拼起来麻烦的，朋友来我家，我就把乐高拿出来和大家一起玩，他们拼好了，我就把它放起来。我不太喜欢一个人拼乐高，一个是懒，还有就是很多人一起玩会更有意思。

因为很喜欢漫威和DC的超级英雄电影，就搜集了特别多的联名纪念款的乐高。

对这种考验细心程度的游戏，我是特别懒的。有一次，我买了一套特别大型的乐高，是一艘海盗船，我好不容易来了兴致，把它一鼓作气拼好了，放在家里的电视机上，结果有一天，它突然摔下来了，回到了一块一块的样子，我就再也没有动力想要还原它了。后来我没有再买过那么大型的乐高，拼起来，摔碎了，会觉得特别沮丧。我完全可以再次把它拼起来，但是想到它某一天也许还会再次跌落，所有的努力可能又付之东流了，就没了兴致。

搭建积木和做艺人一样，当你很努力地去完成一件事，去实现一个目标，遭遇挫折，难免会有挫败感。有时候，有些挫败感会激发你继续往前走。有时候，可能就是一个很难迈过去的坎儿。

我不想去说，"加油，什么事情都可以克服的"，因为很多事情，我们确实克服不了。当然积木我可以花时间去重新搭建，人生却难免有我们没办法从头再来的东西。

或许是我太过感性，但我还是会买各种好玩的乐高，还会买很多好玩的游戏，买各种有意思的设备。生活最大的意义，就是快乐，就是让我们的人生用自己喜欢的方式去进行。

也许有人会说，赵天宇，一个积木怎么能代表你人生中的巨大挫折呢?

积木不可以，但是挫折来了，你会很难去形容它，只能去面对、去经历。我还在买积木，是因为我还在继续向前。

现在看到一些好玩的限量版，我还是会想买，还是没有抑制自己向前的冲动。这种冲动，这种追求快乐的感觉还在，那么一切都还在。

珍惜每一刻的美好生活

有一种游戏类型叫"搜集游戏"，譬如《阴阳师》《炉石传说》。我们的生活里或许都有这样或那样的搜集爱好。

有人喜欢搜集各种漂亮的衣服。

有人喜欢搜集各种动漫手办。

有人喜欢去旧书店淘那些留有前任主人笔迹的有故事的书。

搜集相机，搜集各种人生经历，或者搜集钱（工作狂）……

搜集，是人生趣事。

比如我搜集各种酒、各种酒杯，搜集好玩的游戏，搜集乐高，作为一个音乐人，我也爱搜集乐器。

不敢说家里什么乐器都有，也不是什么都会，但确实搜集了不少，多数都会玩，个别的就只是一时兴起买回家的。就像很多人囤书一样，并不是每一本都会认真地从头到尾读完。

但音乐都是相通的，哪怕遇到我不会的乐器，知道基本的使用规则，在尝试和揣摩之后，都能懂得一些，会不时拿起来玩一下。今天想吹单簧管就吹单簧管，明天想吹萨克斯那就吹萨克斯，吉他也可以拿来拨弄一阵。现在我家里就有苏格兰短笛、单簧管、萨克斯、吉他等，好多乐器。

有闲钱的时候，就会买乐器。其实很多高雅的兴趣爱好，都是需要经济上的支撑的。像我这样，从穷日子

中走过来的，热爱音乐，但更热爱生活。

　　有时候想想，觉得现在的自己能有那么多乐器，小时候想都不敢想的艺人的身份，就这样出现在自己身上时，觉得特别梦幻，不真实。因为会有刹那的不真实感，才会特别努力地想要抓紧它，好像它随时都会跑掉一样。

　　好长一段时间里，我都觉得自己可以开心地活着就很好了，根本不敢奢望有什么高雅的爱好。包括现在也一样，艺人这样的职业，虽然被许多人羡慕，但其实它只是一份充满艺术审美的工作而已。现在每天都在诞生网红、艺人、明星，谁又能在这个圈子里永远红下去？指不定哪天又穷了，怎么办？过好当下，才是最真实的生活，我从来不去奢求不切实际的生活，但也不会放弃任何可以努力去获得的机会。

　　我现在能唱歌，能搜集那么多乐器，那就过好当下。

我还在曾经的家里装了 KTV 设备，我喜欢唱歌，哪怕不给我一个闪闪发光的舞台。不管是驻唱，还是自己消费去 KTV 玩，只要有一支话筒，我就可以好好地歌唱一曲。

火辣辣的热爱

火锅是我在这世界上唯一喜欢的食物。

麻辣刺激的味道，好像在嗓子里面点了一把火，能把人点得热血沸腾。

重庆、成都的火锅都特别有名。有人说重庆的火锅偏辣，成都的火锅偏麻。我喜欢吃那种加麻加辣的火锅，特带劲，不知道是不是有重庆火锅和成都火锅的味道。特别辣的火锅，有时候肠胃也受不了，即便第二天拉肚子，还是想吃。

每次和朋友聚餐，朋友们都不会问我，因为他们知道我每次的提议都是火锅。他们都无法想象，我是如何做到嗜辣如命的。

在外面吃火锅，在家里点外卖也点火锅。

火锅我只吃辣的，从来不吃清汤的，似乎那已经不再是火锅了。

有的艺人朋友特别爱惜嗓子，这也不能吃，那也不能吃。如此，大概也就少了生活乐趣。我从来不会有这方面的忌讳。

吃喝玩乐，甚至包括唱歌本身，都是一种自我愉悦，当然，艺人还有很大的责任就是去愉悦他人。我固执地觉得吃火锅对我嗓子没有任何影响，喝酒也是，甚至在我看来抽烟都没有太大影响。唯独能对嗓子产生影响的，就是用嗓过度，拼命地练习，任何东西都是过犹不及。曾经的过度用嗓和没日没夜的训练确实对我的嗓子产生了影响。

饮食、生活习惯对我一点影响都没有。反而那种被火锅点燃的热情，好像能让我整个人都沸腾起来。

记得之前在哪里看到的文章说，以前有一些唱戏的老先生，上台之前喝辣椒油、香油吊嗓子，是为了帮助开嗓。

你说我喝酒，就不能唱歌，也不太可能。当然你说完全没影响，应该也不是，像喝酒肯定会对肝脏产生不好的影响，也自然会慢慢地影响到唱歌。我自己觉得这些影响都不会那么直接、那么致命。

吃火锅也一样，放大来看，这些外界的因素，可能会对你的音色产生改变，但唱歌的技巧你懂，音色的改变也不代表你唱歌不好听了，这就好比，你是一个作家，你写的字不好看，别人不可能就因此说你写的东西不好。

字也好，音色也好，它都是一个情感的出口，不是情感表达本身。

　　让我在火锅和唱歌之间去做选择，去做取舍，我觉得很难，所以两个我都不想放弃。它们都是我生命里很重要的东西。

比得失更重要的东西

————————

　　当丧的情绪成为一种常态，励志也就得到了滋长的空间。

　　有人喜欢看励志的东西，觉得好像给自己说一句加油，自己就真的更有冲劲。

　　有一天我在车上听广播，听到主持人说，很多人都不甘心于原地踏步。

　　我觉得这话挺奇怪的。

　　"原地踏步"这个词是有贬义的，大概是觉得不进步，没有上进心，一直没有什么成绩。可是我们的一生，是要赶路去哪里？目的地比当下重要吗？我很难去相信

这一点。我永远觉得当下才是最重要的，顺其自然才是好的状态。

我觉得"不原地踏步"，还可以理解为，你要变得更好，固然变好是好事，但不要过于激进，总是顺其自然，知足常乐的日子比较容易给人带来满足感，在当下的日子里认真地生活，哪怕只是柴米油盐也过得津津有味，这也许是一种智慧。

我从来不会给自己加油鼓劲，只希望自己做每件事都踏踏实实的，努力做好是最重要的。

我工作的时候，会有这样一种习惯，就是告诉自己放松。如果我要去拍戏，或者唱歌，抑或做其他工作，我在去工作的路上，会告诉自己，就当是去玩儿吧。玩是最好的心态。一切都当作玩好了。当你随性的时候，以尽量松弛的态度去面对你要做的事，不管做什么，反而都能以最好的状态去表现。不管这件事对我来说有多么重要，我都先告诉自己，就是玩儿。

反而是越舍不得，越会失去更多；越用力过猛，越容易搞砸。电影《我是路人甲》里面有一个角色，一个特约演员，就是过于看重得到的机会，最后反而搞砸了，他疯了似的飘荡在横店的大街上。

我们能得到多少，或许一点也不重要，重要的是问问自己，你现在开心吗？

演戏，用真实还原真实

我相信一切都是真的。

我是说我相信在演戏的过程中，我所出演的角色，我的表演，经历的整个过程，这一切都是真实的，而不是为了塑造一个角色，我刻意去扮演成了那样。

所以，我演戏的时候，不会觉得困难，当然这并不代表我一切都做得完美，但演戏其实也是我生活的一部分，我是活在当下的，演戏也是当下的一个真实体验，包括戏里的角色的人生，都是我自己的某部分的人生。

比如之前我接到一个武生的角色，由于我自己的形象一点也不像武生，为了这个角色，我去健身，让自己看起来更强壮一些。我觉得作为一个演员，为了自己所演的角色去健身塑形是最基本的素质。

邓超作为前辈，在电影《影》里面做了非常厉害的示范。

他要出演两个完全不同的角色，一个正常人的角色，一个瘦削的病态的角色。他为此减脂，减到不成人形，这是一个演员的敬业精神。

我之前演武生，就努力让自己看起来像个武生。努力去贴近这样一个角色的身份，从内而外地去还原。我去增加体重，甚至去经历这个角色所经历的生活，有些不能去经历的生活，就通过观察、交流，从别人那里获取更多的灵感。你要成为这个人，或者说让这个人成为你。

我曾有一位朋友是一名上过战场的军人，他所告诉我的生死，他眼里的战争和沙场，他形容的士兵内心的

主人把本来留给客人的那张

空荡荡的椅子收了起来

钟表在缓慢地磨蹭

电表微弱地起伏

阴天下雨

水放凉了

心态跟我所想象的完全不同。所以，你所追求的答案，在你未曾经历过时，大多数时候和你的想象是完全不同的。很多东西，你不去经历，不去了解，靠想象力是做不好的。

生活就是生活，你必须经历过，才能有更深刻的体会。

想象能给我们天马行空的世界，但往往华丽得不真实。去经历人生，去观察人生，其实这个过程也在塑造我自己的更真实、更深刻的人生，它在我获得的那一刹那，已经不再属于角色，而是属于赵天宇——属于我自己了。

这个过程就是学习。

学习也是承认自己不够完美的过程。太多人想要成为完美的自己，成为厉害的自己，成为无所不知的自己。但是我们都不是完美的，要知道只有缝隙才能透进来光亮。

我也知道自己的表演有许多不足的地方，作为一个新人，还有很多东西要学习。演戏的过程中，我全情投入到角色里，并不知道自己演得怎样，但作品呈现出来之后，我会反复看，每一个画面、每一句台词、每一个动作、每一个表情，哪里不够饱满、不够真实、不够沉静，我就会记下来，在下次表演时，想办法去修正它。

　　这也是在督促自己进步的过程。

　　认识自己不完美的过程，修正的过程，也是形成自己判断力的过程，当自己有了审美，知道了对错，才可能去接近美。

讲述梵高的故事

梵高是个忧伤的年轻人，过得很不顺，也没有什么朋友。

童年的我，也不是太顺利，但是和梵高比起来，我是幸运的，我知道有很多朋友站在我身后。

梵高的孤独、疯狂，以及他的天赋，让他的人生经历格外动人。能得到机会配音油画电影《至爱梵高》的男主角——邮差阿尔芒·鲁林，我是幸运的。整个电影靠着一群艺术家用六万五千幅油画定格制作而成。它们串联起了梵高的油画作品，也通过阿尔芒的追寻，还原了梵高人生最后的时光。

而那个讲述者就是我。

我听到了不同的人讲述的故事里的梵高，中文配音版是张亚东，是我很喜欢的前辈音乐制作人。这更是一件幸事。

如果说《明日之子》是我被人看到的一个途径，那《至爱梵高》就是我从这条路走下来之后，第一个真正出道的影视作品，虽然是以声音的形式。整个过程非常有意思。

第一次为大银幕电影配音，确实有些紧张，毕竟它和唱歌有着很大的差别，靠着语音、语调，一边讲述故事，一边还要表达情绪，这个情绪要和角色当时的经历完全融合。

电影里的阿尔芒年纪比我大，他是一个邮差，我最初还担心自己做不好。导演的帮助让我成功地完成了整个配音过程，而且还得到了很多人的肯定。原来所有声

音的艺术那么相似。

我遇到的最难的一场戏是醉酒戏。醉酒者的语音是很奇怪的，很难模仿，这对完全处于清醒状态，而且带着演艺任务的我来说，特别难。

最后在导演的启发下，终于完成了，至少是让自己满意地完成了。

这是我第一个大银幕的出道之作。作为新人歌手，用声音去诠释一个角色，让我深刻感受到大银幕演戏的不同。它和我十几岁时接的那些视频、广告有着明显的差异，正是这种差异，为我开启了一个全新的世界。

后来我以观众的身份去观看，去自我挑剔，发现自己还有很多地方需要磨炼，需要找到一套属于自己的行之有效的方法。

后来我参演电影、电视剧，也遇到过各种困境，我也会进行各种尝试，发现不对的地方，就去修正。演戏时面对不同的环境、不同的角色，就应该有不同的方法，我需要不断改变自己的心态才行。

当导演喊出"三、二、一"时，我的内心在那一刻沉静下来，进入角色中，用角色的思维去看世界、思考世界，思考自己和这个世界、这个世界上的人的关系。

毕竟演戏靠的不仅仅是热爱，还需要共情和技巧。

去经历生活中最真实的东西

我从来不否定规规矩矩地学习对一个人的成长的影响。

但我不是那样的性格，即使我们安安稳稳读完大学之后，还是会进入社会这个更大的课堂。

当然，没有足够的自我认知，不是很清楚自己想要成为什么样的人，我倒觉得，在校园里好好成长，拥有足够长久的时间去思考自己要成为怎样的人，这是一条再好不过的路。但我觉得单纯的知识灌输，并不适合我，所有这些都没有实践带来的收获快。

我的成长习惯是，去实践，去做，遇到问题之后，再去请教别人。只有找到问题之后的求学才是有针对性的，也是最高效的。

譬如蝙蝠侠，他打不过别人时，才会在忍者大师那里学到东西。很多人都是这样。读完大学之后，进入社会，还是得靠撞得头破血流的实践去找寻答案，这些答案，往往是从小学到大学的课本里不曾提到的。

因为足够多的经历，造就了现在的我。看起来，我或许年纪还小，但我想，对于我的生活，对于演艺事业，对于未来，我有着比同龄人更加清晰的认识。我觉得所有这些东西，都只是通往生活和快乐的一个途径，而它们本身或许并不那么重要。

我一直追求在体验、经历、实践中去学习、去成长、去保持自我的真实。所有的喜怒哀乐，甚至疼痛、爱，都只有在认真经历的那一刻，才能体会，它究竟是怎样的。

正因为我在追求一种生活的真实，我不喜欢撒谎，不喜欢人设，不喜欢虚假的东西，我不是个完美的人，所以很多时候，我会选择不说话，沉默比谎言温柔得多。

现实给了我很多正面的或反面的案例，来自自我的、家庭的、生活的、环境的，有些不愉快的东西，我会选择藏在心里。一旦发出来，把它写成微博，那就不能撒谎，要对阅读它们的人负责。

包括我现在写下的这些文字，我也想尽可能地给读到的人带去一些我个人认为的能对关心我的人有所裨益的东西。那些东西可能是来自我生活的经历，好的，不那么好的……

所有的一切促使我成长为今天的我，我希望它像一个绵长的未完结的故事，能让人看到生活的某个侧面。

我希望有一天，我能写出类似余华的《活着》那样的故事，我觉得他特别理智，写了一些尖锐的事实，讲了一些真实的故事，里面融入了一些余华看世界的方式。

或许对我来说，还很难，但是我希望有一天可以写那样的东西，给读者讲述一个故事，仅仅是一个故事，那些来自我生活的，我看世界的方式的东西，都在文字里。表面上，它就是一个真实而动人的故事。

认真地养一只猫

────────────

小学的时候，喜欢一个姑娘，为她买了一只猫。后来的故事，你们都知道了。

再次接触到猫，或者说，第一次正式养猫，已经是后来我在韩国学习的时候了。

那时候，宿舍老板特别喜欢猫，他又不想在自己家养，就把猫养在了我们宿舍。他每天都在宿舍门口放猫粮盆，常常吸引各种野猫来吃。那些野猫常常在那附近溜达，从来不怕人。

每次训练完回去都特别疲惫，瘫在沙发上不能动弹。平时我经常喂的那些猫，有三四只就固定住在我的宿舍。

我瘫在沙发上，它们可能就会爬上沙发，坐在我的肚子上，或者靠着我，喵喵地叫，然后目不转睛地看着我，等着我去摸它们。但凡我摸它们，它们都围着我，那种感觉特别好，你会觉得猫这种动物也不是那么高傲冷漠的，它们都是通人性的。

猫特别聪明，尤其是野猫，它们一旦和你建立情感的联系，那种依赖性就很难打破。它们喜欢和你玩。而被它们围着的感觉，也排解了我许多的孤独感，一帮小猫围着你，喵喵地蹭你，哪怕身在异国他乡，也不会觉得自己孤单。

当时常住的四只猫，一只是宿舍老板寄养的，另外三只都是流浪猫，我给它们都起了名字，一只叫大傻，一只叫老猫，还有一只老猫的孩子，叫胆小鬼。一旦你给一只猫起了名字，就好像小王子驯养一只狐狸，浇灌

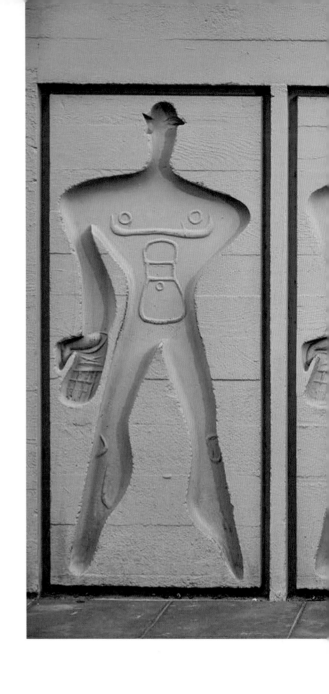

谁能看清楚规律和故事是否无关联

特例是不是世事眼里的沙

风吹过去是不是也可以带走尘灰和我

直到我自己也相信没有向往也是美好的

一株玫瑰一样，你们之间从此就建立了联系。

只要有它们在，就可以忘掉很多疲惫的事情。

因为是流浪猫，它们都有很强的独立性，每天你只需要给它们放猫粮，它们吃、玩，也可能会随时离开，你甚至都不用给它们洗澡，因为你给它们洗完澡之后，它们可能出去溜达几圈，和洗澡前比起来，更脏了一些。可是它们也会自洁，所以，总是会保持在一个比较干净的状态。你去摸它，也不会觉得特别脏。

后来，我回国，那几只猫就交由宿舍老板养，或许有下一个人住进去，还会和它们产生一些不一样的故事和联结。

回国之后，我领养了一只猫。

因为经常去拍戏，或者录节目，不经常在家，我常常都会把它放在工作人员家里。我回来的时候，再把猫接回来。

　　猫是一种特别的动物。它和人保持着一种若即若离的状态。你不需要对它们操心太多，有时候互相逗逗对方，你摸摸猫，猫和你玩一会儿，然后又各自保持着距离各玩各的。你会觉得有那么一个小家伙陪着你，它不打扰你，也不会干涉你，但你看着它，它可能就会过来，让你摸摸它。

　　这种方式就像与朋友相处一样。你们不需要时时刻刻黏在一起，但是，你知道最温暖的人、最真诚的朋友就在那里，你们互相需要，但是又给彼此留有足够的空间。

　　人和猫，人和人，大概都是一样吧。

我不相信一见钟情

年少至今，我曾喜欢过很多人。

谁也不能保证，自己现在遇见的，就是最终会陪你终生的人，所以我们得不断去遇见。也不要在失恋和分手之后，说什么"再也不相信爱情了"之类的话。爱，当你遇见时，你会知道它的好。

这么久以来，我从来没有去主动追求过爱情，我更希望也坚信的是，爱情应该是建立在两个人情投意合的基础上的，当两个人有了足够的了解，彼此相知相吸，爱情自然就来了。

所以，我相信爱情是了解，是信任。

因此，我不相信一见钟情。哪那么容易就爱上一个人？一见只会觉得新鲜，觉得想要了解对方，但那不是爱。爱情是建立在两个人共同相处之后培养起来的感情上的，就像小王子和玫瑰那样，需要你去浇灌，需要你去了解对方，当两个人同时在思考这件事，并为此做出努力时，爱就有了最好的环境。

爱需要有共同的经历、共同的记忆，只看到一眼，什么也不聊，是不可能有爱情诞生的，起码我不相信。那只是新鲜感，是你觉得这个姑娘、这个男生好看，仅此而已，它并不能说明更多的东西。

人和宠物之间的感情建立都需要你去驯养，何况情感更为复杂的人呢？

当你对爱没有足够准确的了解，那它就是溪水上的浮萍，没有根，你也不知道它会漂流多久。

我们通过第一眼的第一印象所能揣测出的离真实的她一定是有些距离的，所有肤浅的揣测，肉眼可见的，能感受得到的道德，都只是一个准入，并不是能陪伴我们一生的关键。太多人忽略了灵魂的重要性，忽略了一个人之所以为人的东西，只看到脸，只看到钱，看不到人心，所以才使爱情变得如此脆弱。

莎士比亚说，爱情是盲目的。

我更相信，爱情是有迹可寻的，是一些我们并不能很好地说出来的感觉。但当我们在经历某件事时，会很庆幸，有这样一个人陪在自己身边。

我在不同年龄段里喜欢过不同的人，这些喜欢的感觉可能出现在我七八岁时，可能出现在我十四五岁或十七八岁时，或者更晚，甚至现在，我也不觉得这些年，我是一个浪子般的人，我并不以自己的爱情经历为傲，尤其是年少时那些毫无根基的爱情。但我会觉得它们是我最宝贵的财富。

　　人海茫茫，能遇见一个人已经很不容易，当你感受到爱，那么请好好珍惜。不要太过依赖某种"不确定性"，一见钟情，或者缘分，爱情需要两个人去经历生活，去面对一切，互相给对方温暖，然后让生活里糟糕的一切滚蛋。

人在局外

周而复始地

即便做一个过客

即便没有结果

也要在每一秒里认真地开心或者难过

认真地生活不只是期望每一天都开心

更要认真地体会每一种突如其来的情绪

开心不要太过沉溺，难过也不必逃避

认真地勾勒每一个小节

存在的感受到的

一切都是意义本身

美妙的不可预见性

图书在版编目（ＣＩＰ）数据

人在局外 / 赵天宇著. —北京：中国友谊出版公司, 2019.6

ISBN 978-7-5057-4730-2

Ⅰ.①人… Ⅱ.①赵… Ⅲ.①散文集－中国－当代 Ⅳ.①I267

中国版本图书馆CIP数据核字（2019）第089483号

书名	人在局外
作者	赵天宇
出版	中国友谊出版公司
发行	中国友谊出版公司
经销	新华书店
印刷	北京盛通印刷股份有限公司
规格	700×1000 毫米　16 开
	17 印张　92 千字
版次	2019 年 7 月第 1 版
印次	2019 年 7 月第 1 次印刷
书号	ISBN 978-7-5057-4730-2
定价	68.00 元
地址	北京市朝阳区西坝河南里 17 号楼
邮编	100028
电话	（010）64678009

如发现图书质量问题，可联系调换。质量投诉电话：010-82069336